Du chaos pour une étoile

De la même auteure chez le même éditeur

Quatuor pour cordes sensibles, nouvelles, 2000

À ta santé, la Vie !, trilogie romanesque

Tome I : *Cognac et Porto*, 2001

Tome II : *Café crème et Whisky*, 2003

Tome III : *Un doigt de brandy dans un verre de lait chaud*, 2004

Et les regrets aussi..., roman, 2006

Passerelles, poésie, 2008

Michèle Matteau

Du chaos pour une étoile

Roman

Collection « Vertiges »

Les Éditions
L'Interligne

Catalogage avant publication de Bibliothèque et Archives Canada

Matteau, Michèle, 1944-
Du chaos pour une étoile : roman / Michèle Matteau.

(Collection Vertiges)
ISBN 978-2-923274-53-9

I. Titre. II. Collection: Collection Vertiges

PS8576.A8294D8 2009 C843'.6 C2009-905755-7

Les Éditions L'Interligne
261, chemin de Montréal, bureau 306
Ottawa (Ontario) K1L 8C7
Tél. : 613-748-0850 / Téléc. : 613-748-0852
Adresse courriel : communication@interligne.ca
www.interligne.ca

Distribution : Diffusion Prologue inc.

ISBN : 978-2-923274-53-9

Dépôt légal : quatrième trimestre 2009
Bibliothèque nationale du Canada

À Guy,
en souvenir des soirées
où nous tentions encore
de reconstruire le monde

Il faut avoir encore du chaos en soi
pour pouvoir enfanter une étoile qui danse.
Friedrich Wilhelm Nietzsche

1

Je ne sais plus où je suis. Je me suis perdue. Quelque part.

Le soir est descendu plus tôt que je ne l'attendais. Le cou tendu, je conduis dans le brouillard. Il est d'abord venu en lambeaux folâtres. Mais il s'est maintenant épaissi à ne plus permettre de savoir où je me trouve. Sans doute à mi-chemin entre la 17 et la 417…

Mais où sont donc passés les panneaux routiers ? La route principale qui mène à Ottawa, je la connais ! Cependant j'ignore tout des chemins de campagne de l'Est ontarien qui relient les *concessions* aux villages isolés et restent malicieusement avares d'indications.

Drôle de week-end ! Commencé sous la pluie, vendredi. D'Ottawa à Oka, les essuie-glaces de ma voiture s'agitaient comme des forcenés. Josiane et Vincent m'avaient invitée censément pour deux jours de repos. En réalité, c'était pour célébrer mon anniversaire de naissance. Un peu en avance. Pour la surprise. Ça me donne encore une semaine pour me résigner à avaler le chiffre 53. Il passe mal, celui-là. Aucune idée pourquoi. Comme si je m'enfonçais dans la boue. La boue ou les sables mouvants ?

Gentil de la part de Jo et Vincent d'avoir pensé à retrouver les membres de la vieille équipe de Radio-Canada. Nous débutions dans le métier, à l'époque. La télé nous avait appelés à son service. Comme à une sorte de sacerdoce. On y croyait. C'était le bon temps. C'était en… Il y a quinze ans ? Vingt ? Non ! Pas possible : presque vingt-cinq !

Nous étions jeunes, beaux et ambitieux. Josiane animait une émission pour femmes libérées. Avec verve et audace. Vincent et moi étions ses recherchistes. La trentaine arrogante, de l'imagination, de la débrouillardise et de l'énergie à revendre. Notre métier nous enthousiasmait : nous lui donnions notre âme.

Quant à nos corps…

C'était l'époque des rencontres aussi intenses que fulgurantes. Entre deux passions épuisantes, entre deux amours éternelles, c'était auprès de Vincent que je me réfugiais, quand il avait lui aussi mis le drapeau en berne… Les soirées n'étaient jamais assez longues pour rire, boire, aller au théâtre, au cinéma… On se droguait de blues et de rythmes hallucinants dans des boîtes de jazz enfumées. Ivres de musique et d'alcool… dans la brume d'un dernier joint… nous reconstruisions le monde jusqu'à ce que l'aurore éclate.

Parfois, Josiane demandait de venir avec nous.

Un jour, elle et Vincent se sont mis en ménage. Puis, ils ont quitté Radio-Canada pour fonder leur propre « bizenesse » : une boîte de production qui fait leur fortune… Moi, je suis restée célibataire. Toujours fidèle à la « maison ». Mais à Ottawa. Chacun sa voie !

À peine après mon arrivée à Oka, la température a brusquement chuté. Le verglas a succédé à la pluie. Un brouillard laiteux s'est mis à envelopper toute la région. Visibilité nulle. Fête annulée !

Au lieu d'un feu de souvenirs, j'ai eu droit aux commentaires de Josiane sur ma vie amoureuse. En jachère selon elle. Ma cinquantaine solitaire l'angoisse ! Elle voudrait que je me case. Et, en sourdine, elle blâme Maxime pour ma solitude. Elle n'a pas tout à fait tort… Bien sûr que si Maxime n'était pas apparu dans ma vie… Je me sens encore happée par le vide qu'il a laissé. Mais ce n'est plus du tout la grande catastrophe existentielle des premiers mois après sa disparition.

« On peut vivre sans amour quand la mémoire s'illumine de souvenirs. » Grandiloquent. Il fallait lui clore le bec, à Jo. J'ai réussi. Rien comme deux apéros dans un estomac vide pour vous pousser au lyrisme ! Elle s'inquiète pour moi, Jo. Par amitié, me jure-t-elle. Elle souhaiterait me voir en symbiose charnelle avec un beau mec bronzé au tournant de la quarantaine, question de revigorer ma libido. Jo projette, je crois, ses désirs intimes sur ma présente disponibilité.

J'ai repris la route d'Ottawa en fin de journée. Sur la 17, près de L'Orignal, un carambolage monstre venait de se produire. La circulation automobile avait été détournée.

Il fait nuit. Je suis condamnée aux routes de l'arrière-pays. Le brouillard m'enveloppe. Me voici seule sur un chemin désert. J'ai sans doute raté un tournant quelque part… Et je n'ai pas la moindre idée de l'endroit où je me trouve.

On ne se comprend plus comme avant, Josiane, Vincent et moi. Eux vivent les pieds sur terre, dans le *cash*. Ils se sont diablement embourgeoisés. Plus que moi, même ! C'est peu dire ! Que sont devenus les marginaux d'antan ? Qu'avons-nous fait de la riante délinquance qui nous animait ? Dans leur luxueuse maison d'Oka, nous ne parlons plus que d'investissements, d'assurances et de fonds de retraite. Josiane et Vincent en rajoutent même. C'est incroyable comme la richesse est source d'ennuis.

Le condo de Paris doit être repeint… Le toit de tuiles de la maison de Cannes est complètement à refaire… Et d'urgence, il faut trouver plus grand à Los Angeles. L'enfer, quoi !

On est *jet set* ou on ne l'est pas !

Ils ronronnent si fort dans leur bulle qu'ils n'entendent plus les gens ordinaires vivre autour d'eux. C'est pourtant le bon peuple bien ordinaire qu'ils disent vouloir rejoindre par leurs films et leurs séries télé. Belle ironie que le succès ! Il vous emprisonne, vous retient en marge, vous confine au miroir.

Je préfère ma vie. Moi aussi, je pense confort, cinéma maison et bain à remous. L'heure du *cocooning* a sonné. Mais je suis parfaitement satisfaite de contempler les couchers de soleil sur la rivière des Outaouais, à Ottawa. Nul besoin de les admirer aussi sur la Seine, le Pacifique et la Méditerranée. Ils se sont offusqués quand je leur ai confessé cela. Vincent a craché son insulte en se versant un troisième verre de whisky: « Florence, te voilà sans ambition… » Traduction en clair : tu es une ratée, vieille branche !

Où nous sommes-nous perdus de vue ?

Les excursions avec le Club Aventure sont loin derrière nous. Josiane et Vincent voyagent maintenant en classe affaires. Hôtels cinq étoiles et croisières de luxe. Pour eux, les humains ne s'apprécient plus qu'à l'aune de la réussite financière et du nombre de trophées à exposer ! Comme si le succès et la richesse ne semblaient déjà plus les amuser, il leur faut encore faire l'envie des autres !

La lumière des phares me renvoie une blancheur laiteuse. La chaussée est devenue traîtresse. Je dois ralentir. Encore une fois. Tiens ! Ma voiture hoquette. Depuis huit ans, nous faisons la paire, elle et moi. Elle, résignée à ma conduite brusque; moi, habituée aux étranges bruits de sa mécanique. Ses couinements ne me tracassent plus. Par contre… les saccades de ce soir m'effraient. Les embêtements, ça s'agglomère comme les nouilles froides…

Dans la purée de pois, la lueur d'une enseigne vacille. Juste après un ponceau, une station-service prend forme. Elle ne paie pas de mine. Le genre de lieu où je craindrais de m'arrêter en temps normal. Bah! Rien n'est normal ce soir. La station est ouverte. Ouf! De hoquet en hoquet, la voiture s'engage sur le terrain. À cinq mètres des pompes, elle s'arrête net.

Un géant de deux mètres sort à ma rencontre. Il n'a pas l'air de priser mon arrivée tardive. «Je ferme.» J'insiste. En maugréant, il pousse le véhicule jusqu'à l'entrée de l'atelier et l'examine.

— Je peux rien faire avant demain, m'annonce-t-il. Y va me falloir au moins trois à quatre heures pour réparer ça.

Je me sens désemparée, égarée dans les méandres d'un mauvais rêve. Je redresse les épaules et serre les lèvres:

— Il y a sûrement un motel dans les environs…

— Ouais. Tout près. Mais yé ben plein.

Petit ricanement sardonique. Un frisson me parcourt l'échine.

— Peut-être qu'on pourrait m'y faire une petite place?

Un gros rire se répercute dans l'atelier humide. Je me sens menacée. Je suis à la merci d'une armoire à glace qui s'amuse de mon désarroi.

— Il faut bien que je dorme quelque part, et je ne sais même pas où je suis!

— Villery Station, marmonne le garagiste en rabaissant le capot de la voiture. Cent douze habitants. Village et concessions compris. Tout ça, baigné par le Scotch.

En plus, il se paie ma tête!

Mes yeux s'emplissent d'eau. L'homme me regarde, dépassé par ma réaction. Il laisse tomber, d'une voix grave, un « ouais » qu'il veut empathique.

Pendant quelques secondes, une grimace le défigure, puis son visage s'éclaire :

— Mario Larocque.

Il me tend la main.

— J'ai peut-être une solution.

La voix est devenue chaleureuse. L'homme souriant. Un espoir frileux brille quelque part en moi.

— V'nez avec moi.

Advienne que pourra ! Je suis l'inconnu.

Il agrippe un trousseau de clés accroché au mur du bureau. Je récupère mon sac de voyage. Sa jeep ronronne déjà. Nous traversons le ponceau et tournons à gauche vers Villery… Quelques lumières timides sous des jupes de brouillard.

Le véhicule s'immobilise devant une maison de bois. Une enseigne discrète annonce : Café Villery.

L'entrée de voiture est une patinoire. Mario prend les devants, allume le plafonnier de l'entrée et revient vers moi. Il saisit d'une main mon sac de voyage et m'offre l'autre bras. Galant, le géant ! Je pénètre dans une pièce en forme de L où s'alignent des tables et des chaises de restaurant. Au fond, à droite, un comptoir délimite une section cuisine. À gauche, un escalier mène à l'étage.

L'unique pièce du haut est meublée d'un grand lit, d'un fauteuil à bascule en cuir et d'une commode aux tiroirs entrouverts et vides.

— C'est pas l'hôtel. Mais, pour une nuit…

Mario m'indique la salle de bain qui fait face à l'escalier.

Les murs de la chambre sont nus. Ni tableaux ni bibelots. Une lampe de table repose à terre. Au pied du lit, s'amoncellent des dizaines de boîtes de carton.

Mario me confie que l'endroit appartient à Pierre-Yves, son ami d'enfance :

— Sa femme l'a lâché pour le docteur. Y veut pus rien savoir de Villery. Ça se comprend ! Y a trouvé du travail à Cornwall. Y va déménager le reste de ses affaires dans les prochains jours. La maison, y veut la louer ou ben la vendre ! Y sait pas lui-même. Quand on sait pas ce qu'on veut dans vie, y se passe rien.

Sur le matelas, Mario étend une des couvertures de laine qu'il est allé chercher dans sa jeep et il jette l'autre au pied du lit.

— Sont vieilles, mais sont chaudes. J'ai pas d'oreiller, s'excuse-t-il en me tendant les clés de la maison.

Il me rappelle que la voiture sera prête en début d'après-midi, le lendemain. Nous échangeons nos numéros de téléphone portable.

— C'est humide ici, dedans ! J'vas remonter le chauffage. Pis… ben… Pis… Essayez de dormir un brin.

Avant de sortir, il ajoute :

— Y a un dépanneur à l'autre bout du village. Y ouvre à 7 heures.

Me voici seule. Entourée de brouillard dans une maison inconnue, je frissonne. J'enlève mes bottes et mon manteau et je m'étends sur le lit, tout habillée. J'enroule mon écharpe plus serrée autour de mon cou. J'ai besoin d'être rassurée. Je n'arrive pas à faire mon nid entre les deux couvertures. La laine sent l'essence. L'oreiller improvisé avec un chandail n'a rien de confortable. Je grelotte maintenant. De froid ou de peur ? Mes pensées prennent le large.

Après tout, Josiane et Vincent ont peut-être raison. J'ai une vie prévisible. Répétitive. « Plate ! » Après trente ans de métier, j'en connais tous les rouages. Ça manque de zeste, de piquant, de vrai « *challenge* », comme on dit à TV5.

Mon travail consiste à inviter Pierre, Jean, Jacques. Pardon. Rectitude politique oblige: Pierrette, Jeanne ou Jacqueline aussi. Ils viennent vendre leur salade musicale, théâtrale ou littéraire pour *plugger* leur spectacle, leur disque, leur exposition ou leur livre. Informations à la sauvette. Plus de temps pour les échanges d'idées. Encore moins pour les débats. Ça bouffe trop de minutes, les discussions! Le temps d'antenne, c'est de l'argent. Et la subtilité n'attire pas les commanditaires... Hors champ, je pose à mes invités des questions anodines ou franchement insignifiantes. L'important, c'est qu'elles déclenchent de longues réponses qui donnent du jeu pour le montage. On peut hachurer le débit, agiter l'image pour créer du mouvement, des effets de turbulence. Le vide prend un *look* tendance. Et l'important, c'est le *look*!

Tout est égal. Tout se vaut. «Ce n'est pas à vous de juger des goûts du public», nous serine-t-on à chaque réunion de production. Peu importe qu'il s'agisse de grands artistes ou de débutants mal dégrossis, je dois faire «surgir le spectacle télévisuel» pour parler comme le gourou médiatique venu de Los Angeles nous initier à la post-modernité télévisuelle. «De nos jours, on ne fait plus dans la dentelle. Les nuances sont lassantes pour le téléspectateur.» Pour gonfler l'audiomètre, on donne préséance aux harangues en noir et blanc et aux réquisitoires acérés. «Tant mieux si c'est mal fondé», nous assure le gourou. «Demain, vous ferez la manchette des journaux en plus!» Le monstre se nourrit de ses rejets.

Les faits donnent raison au gourou: dès qu'un énergumène dégobille sur ses semblables devant les caméras, ou mieux et plus vendeur encore, sur le gouvernement ou une grande institution, s'il vocifère contre un refus de le subventionner, on parle de ses cris comme d'un grand moment de télé. Le lendemain, les lecteurs de nouvelles relatent l'incident d'une voix jouissive. Et, fidèles disciples du gourou, les recherchistes comme moi s'empressent d'inscrire les coordonnées du forcené ou de la furibonde dans leur calepin d'adresses pour réinviter à la première occasion ces valeurs sûres, ces placements garantis. Comme on doit travailler de plus en plus vite, il est de plus en plus tentant de recourir à eux. Ils se retrouvent à toutes les tribunes. Semaine après semaine, les mêmes voix, les mêmes mugissements. Consacrés par l'écran, ils deviennent des incontournables. Des icônes. Des héros. Des prophètes.

Je claque des dents. Il faudrait que je me lève, prenne mon manteau, l'étende sur moi. J'hésite. Je tergiverse avec ma torpeur. Je me laisse aller à croire que la chaleur viendra d'elle-même.

Y a-t-il encore de vraies émissions d'information ? Je ne vois que spectacle, recherche d'effet et réclames publicitaires… Pour narrer une catastrophe : une minute trente secondes. Pour nuancer une politique nationale : deux minutes ! Et parfois… parfois… très tard… pour redéfinir l'ordre du monde, on accorde à deux prix Nobel de la Paix un gros trois minutes vingt-deux secondes.

« Renonce, Florence. C'est foutu ! La télévision instrument de savoir et de culture, c'était un rêve. Un rêve de petite fille candide. Endors-toi, Florence ! À cinquante-trois ans, on se fait un oreiller de ses idéaux et on s'endort dessus. »

La voix de Vincent résonne dans la chambre humide et scande : « Vis avec ton temps, ma pauvre chérie… Arrête de te poser tant de questions. Contente-toi de garder le tempo. »

ASSEZ ! ASSEZ !

Je claque des dents. Je saute hors du lit. Je saisis mon manteau comme une bouée. Que vienne le sommeil ! L'oubli. Si seulement la Terre pouvait s'arrêter de tourner. Au moins quelques heures.

2

— *The show must go on*…

L'argument irréfutable des heures sombres avait cinglé aux oreilles de Florence pour la rappeler à son devoir médiatique. Exaspérée par cette voix pontifiante, la recherchiste avait finalement lancé:

— Alors, qu'on vienne me chercher à Villery Station…

— Où?

— Vil-le-ry Sta-tion.

Le silence s'était allongé comme un fil de mozzarella fondant. À Ottawa, dans les bureaux de la société d'État, on tempérait maintenant le discours:

— Je… oui… je comprends. Bien sûr, ce sont des choses qui arrivent. On se débrouillera sans toi…

Florence coupa la communication. La rage l'étouffait. Elle qui, en trente ans, ne s'était jamais permis un retard, venait d'être traitée comme une stagiaire négligente. Elle tenta de retrouver son calme. Le soleil vrillait une percée dans la couche de nuages. Avec une moue dédaigneuse, elle constata à mi-voix: «Cinq heures à perdre dans un village coincé entre deux concessions!»

Puis soudain son visage s'illumina: elle avait cinq heures pour elle-même! Du temps donné. Gratuit. Comme elle l'avait désiré la veille… Elle fit une toilette rapide, constata sa faim et sortit dans la lumière qui dorait maintenant la rue. Dès les premiers pas dehors, Florence constata que Mario Larocque ne s'était pas moqué vraiment d'elle, le soir d'avant : le ruisseau qui scindait Villery s'appelait bien le Scotch ! Une pancarte le confirmait aux incrédules.

Elle prit la rue Notre-Dame, pour longer l'étroit cours d'eau, marchant avec précaution pour éviter les plaques de glace laissées par le verglas du samedi. Elle se retrouva devant l'église dont l'architecture révélait ostensiblement d'anciennes ambitions de cathédrale. Blotti au flanc de l'immense édifice, le presbytère témoignait avec hauteur des attentes cléricales d'autrefois.

Deux passerelles enjambaient le Scotch. Florence s'avança jusqu'au milieu de la première. En bas, le ruisseau cascadait entre des flancs pierreux. Une eau agitée, mordante. Florence resta là un long moment à contempler l'indomptée. Elle enviait cette force glacée qui giclait, crachait comme une enragée, écumait comme un coursier pour échapper au gel qui s'acharnait à vouloir la mettre en cage.

Florence semblait hypnotisée.

Un vent frisquet s'éleva, la ramenant à une autre réalité, celle de sa faim. Elle resserra son écharpe autour de son cou et poursuivit sa promenade. Non loin, une école aux murs zébrés de dégoulinades avait été recyclée en un centre communautaire qui semblait avoir été fermé à son tour. En retrait de la rue, elle aperçut le « motel ». L'endroit était devenu une résidence de soins de longue durée ! Le garagiste avait dit vrai, là aussi ! À quelques pas de là, une quarantaine de boîtes postales montaient la garde devant… l'édifice de Postes Canada devenu la mairie, elle aussi apparemment abandonnée. Tout semblait changer constamment de vocation à Villery Station.

Florence découvrit enfin le dépanneur. C'était une maison de brique rouge qui avait conservé ses allures de magasin général. Derrière le comptoir, une sorte de Schtroumpf débonnaire, un septuagénaire bedonnant à l'épaisse chevelure blanche, s'ennuyait. Il fronça légèrement les sourcils en voyant entrer une inconnue et s'empressa d'écraser sa cigarette dans le cendrier qui trônait sous une affiche d'interdiction de fumer. Machinalement, le Schtroumpf avait jeté un coup d'œil dans la rue. Le fait qu'il n'y avait aucun véhicule garé le laissa perplexe… Il marmonna un « bon matin » en guise d'accueil à Florence et ne la quitta pas de ses yeux de batracien pendant qu'elle circulait entre les étalages.

Il y avait de tout dans ce dépanneur. De tout, mais en quantité infime. Florence ne savait trop ce qu'elle cherchait… Et, comme l'avait dit Mario le garagiste dans un envol philosophique : « Quand tu sais pas ce que tu veux… y se passe rien ! »

Elle revint finalement à la caisse avec du jus d'orange et des biscuits à l'avoine. Prévoyant les heures d'attente, elle prit le journal du jour et, après avoir fait grincer un présentoir, choisit une brochure de sudokus.

Que sa cliente fût venue à pied intriguait visiblement le commerçant. Après avoir scruté son visage et détaillé ses vêtements, il osa une question. La réponse aimable de Florence l'encouragea à pousser plus loin son interrogatoire. Sans hésitation, Florence raconta sa mésaventure de la veille. Le Schtroumpf dépanneur l'assura de la compétence de Mario Larocque en mécanique automobile. La spontanéité que Florence mit dans ses confidences donna sans doute au commerçant l'impression de connaître la nouvelle venue depuis l'enfance. Délaissant rapidement le vouvoiement, il lui demanda :

— Tu voudrais pas un bon café ?

Florence n'en espérait pas tant ! Elle accepta et le Schtroumpf se précipita vers l'arrière-boutique. Il en revint haletant avec une tasse propre qu'il emplit à partir d'une cafetière installée derrière le comptoir.

— Cléroux, mon nom. Marcel Cléroux. Toi ?

— Florence Santerre.

— Tu fais quoi dans la vie ?

— Je suis recherchiste à la télévision.

Les yeux de l'homme s'arrondirent davantage.

— Pas quelqu'un de la *tivi*, icitte, à Villery.

— Je vous jure qu'il n'y a aucune caméra cachée !

Marcel Cléroux voulut aussitôt tout connaître sur le métier de Florence. Amusée, elle s'employa à lui narrer quelques anecdotes cocasses et n'eut aucun mal à l'impressionner d'un peu de *name-dropping*. Il se confia à son tour.

— J'ai longtemps été maire de la place, tu sais.

Florence échappa un sourire ironique : elle avait devant les yeux le Grand Schtroumpf lui-même !

Le cours d'histoire locale débuta :

— Villery, c'est une place à problèmes, que je dirais. Ça date de l'année où le train s'est pus arrêté.

Florence, bon public, écoutait. Le train avait été la raison d'être et de vivre du village. Il garantissait le va-et-vient des gens et des marchandises et fournissait un oxygène régénérateur. La fermeture de la gare avait été la fin d'une ère prospère.

— Il y a quinze ans, la gare a été transportée sur le terrain d'un musée, près d'Ottawa. Le monde « sont » drôles asteure : on détruit les vraies affaires, pis on construit des faux plus loin. Pour faire vrai. Une bizarre d'époque, tu trouves pas ? Là… on parle d'enlever les rails pour faire une piste cyclable.

Ça va être utile en chien, ça, une piste cyclable pour du monde qui « ont » une moyenne d'âge de soixante-dix ans !

Florence apprit dans le détail tout ce que Marcel avait accompli pour « son » village durant ses années à la mairie. Rapidement, le monologue devint vindicatif :

— Depuis les maudites fusions, Villery est aux mains des profiteurs. Me suis « faitte awoir »... ma belle dame, comme un débutant.

Après la seconde tasse de café, la conversation s'étirait un peu trop au goût de Florence. Lentement, elle resserra le nœud de son écharpe et remit ses gants. Comme elle s'apprêtait à quitter le dépanneur, un client entra. Tiré à quatre épingles, ridé comme un parchemin, rasé de près sauf une barbichette qui lui allongeait le visage, il s'exclama :

— Belle matinée, n'est-ce pas, mon cher Marcel ?

L'accent était pointu; l'articulation, appliquée.

— Si c'est pas notre Léandre qui vient chercher ses journaux pis son paquet de cigarettes ! Regarde, on a de la grande visite à matin : quelqu'un de la *tivi*. Florence, je te présente Léandre Arcand, un vrai gars d'icitte. Comme moi. Regarde-nous ben. On est une espèce en voie de disparition.

L'homme était frêle, petit et étonnamment laid. Apparemment ravi de la présentation de Marcel Cléroux, il tendit la main à Florence :

— Enchanté, madame !

Sa curiosité avait été aiguisée, mais il ne posa aucune question à Florence, se contentant de lui tenir la porte ouverte.

— Prends soin, Florence, lança le Grand Schtroumpf avec une familiarité qui fit froncer les sourcils de Léandre Arcand.

Ce dernier souleva son chapeau et inclina légèrement la tête sur le passage de la visiteuse. De son regard sombre, il la fixa un instant, et un large sourire découvrit des dents d'une blancheur éclatante. « Trop parfaites pour être naturelles », pensa Florence en retrouvant l'air vif du dehors.

Elle rentra rapidement au Café Villery et grignota ses biscuits en lisant le journal. Sans se presser. Sans chercher ce qui pourrait engendrer une idée d'entrevue. Sans penser à rejoindre d'urgence la moitié des artistes de la capitale. Une expérience nouvelle !

Le temps s'échappait au compte-gouttes…

Puis, elle monta dans la chambre chercher son sac de voyage. Devant la fenêtre qui s'ouvrait sur l'arrière de la maison, elle s'arrêta. Le cimetière du village glissait en pente douce. Stèles et croix de pierre s'échappaient résolument du miroir glacé. Plus loin, les champs s'allongeaient jusqu'à la lisière d'une pinède.

La quiétude…

Urbaine jusqu'au bout des ongles, Florence avait toujours eu besoin de s'agiter pour se sentir vivre. Elle avait constamment recherché le bruit pour se mettre à l'abri d'elle-même. Et là, soudain, elle se prenait à déguster, minute après minute, la solitude de cette maison vide, aux confins d'un village perdu dans la plaine déserte… Fort étrangement, ce silence la rassurait.

Le coup de fil de Mario sonna la fin de l'entracte. La jeep franchissait déjà le ponton. Florence enfila son manteau, renoua son écharpe et sortit, avec un pincement au cœur. Cette panne de voiture n'avait été qu'une parenthèse qu'il lui fallait maintenant refermer comme la porte du Café Villery.

À Ottawa, un autre monde l'attendait. Son monde. Elle n'avait pu que voler un peu de temps… au temps.

3

12 novembre

Ne tournez pas la tête,
un miracle est derrière.
Jules Supervielle

Aujourd'hui, un miracle s'est produit à Villery: une femme a agité la somnolence de notre monde recroquevillé. Une belle femme. Grande, elle me dépassait d'une tête. D'une élégance sans recherche. Avec des yeux de chat, d'un vert profond. Le regard plein d'intelligence. Des manières gracieuses et une démarche décidée. Un agréable amalgame!

Comme s'il avait rencontré son ange gardien en personne, Marcel était tout illuminé par la présence de cette Florence Santerre dans son magasin. Il ne parlait que d'elle pendant que nous prenions notre tasse de café, me relatant leur conversation mot à mot. Enfin du nouveau dans sa vie et dans son discours!

Depuis bientôt huit ans, notre Marcel radote! Il dépérit. Il s'enlise. Quand on se contente de ruminer des souvenirs, comme lui, le goût de vivre vous glisse entre les jours. Je vieillis, certes; mais Marcel, lui, se fait vieux. Il semble incapable de se remettre du drame de sa vie: l'intégration des villages!

Après sa visite quotidienne à son vieil ami Marcel et sa promenade rituelle du matin, Léandre Arcand s'était enfermé dans son bureau pour noter ses impressions du moment. Il faisait ainsi depuis qu'il avait perdu l'essentiel. Il avait bien fallu combler l'absence. Il alluma une cigarette et pensa longuement à son ami.

Il avait pourtant eu de la chance, Marcel…

Au début de la trentaine, il avait hérité de son père, puis dix ans plus tard de son parrain, un vieil avare. Il avait vendu, à prix d'or, la ferme de ses parents et fait une bonne affaire avec celle de son oncle, que la famille Bouvier avait achetée pour en faire une pépinière. Marcel pouvait dès lors vivre de ses rentes. À trente-quatre ans !

Briguer la mairie de Villery avait été son rêve d'adolescent. S'occuper du magasin général, aujourd'hui dépanneur, n'était qu'accessoire pour lui. Une commodité. Une manière de prendre le pouls de la population. Une façon d'avoir pignon sur rue pour le politicien qu'il était déjà. Il avait lorgné un moment la politique provinciale, puis la fédérale, mais les places étaient déjà prises et les élus de la région étaient reconnus pour leur longévité en poste… On se succédait même de père en fils. Les dynasties de province avaient la vie solide !

Il restait à Marcel la mairie de Villery Station. Il en avait fait l'axe de sa vie.

Tout avait bien fonctionné durant des décennies. Mais au tournant du siècle, Marcel, pourtant d'habitude à l'affût des tendances nouvelles en politique, avait refusé de voir la réalité en face. Il s'acharnait à porter des œillères pour ne pas voir ce que tout un chacun voyait venir : la mondialisation rejoignait Villery dans sa tanière. L'épidémie de la fusion n'était plus uniquement la plaie des grandes entreprises ; elle s'attaquait maintenant aux villages tapis au fond des *concessions*.

Marcel chérissait un rêve de retraite, une sorte d'en-cas pour le lendemain d'une défaite électorale : s'installer, avec sa femme Pierrette, en Floride. Il aurait pu ainsi partir la tête haute et revenir, bien bronzé, narguer un peu les Villerois, chaque printemps. Pierrette et lui s'étaient souvent rendus là-bas y passer janvier. Ces séjours avaient confirmé Marcel dans sa résolution et Pierrette en paraissait ravie.

Lorsque la vraie débâcle politique était venue, Marcel avait décidé de mettre son plan à exécution : quitter le pays six mois par année. Pierrette avait refusé net. Entre temps, elle avait trouvé un emploi. Elle entamait une carrière, elle. Elle commençait à vivre, elle. Double échec pour Marcel qui, après huit ans, ne s'en remettait toujours pas. Il se confinait à un village qui se ratatinait comme un pruneau.

À Villery Station, il n'y a plus de train, faute de gare… ou de gare, faute de train. L'école est fermée, faute d'enfants. L'église n'ouvre plus qu'un dimanche sur trois, faute de paroissiens. Le motel n'offre l'hospitalité qu'à des grabataires. Le café de Pierre-Yves, où nous pouvions nous retrouver encore le mois passé, s'est vidé avec son départ. Mario parle de vendre son garage et d'aller habiter à Rockland afin d'obtenir la garde partagée de son fils.

Tout autour de nous s'agglomère, s'annexe, s'intègre, s'assimile. On perd de soi, comme un réservoir percé. Marcel « dépanne » encore les rares habitants du village. Il peut croire ainsi que rien n'a vraiment changé autour de lui. Mais chacun sait fort bien que Villery n'existe plus.

Au carrefour de chemins oubliés, cinq rues, une cinquantaine de maisons, un ruisseau, deux passerelles… et des fantômes en attente… de je ne sais quoi !

Villery s'attarde à un virage du temps.

Léandre Arcand posa son stylo, referma son cahier et alluma une autre cigarette. Il faisait sombre dans la pièce. Le soleil s'était à nouveau enfoui sous une couette de nuages.

Jetant un œil distrait par la fenêtre de l'étage, il vit qu'un coup de vent avait projeté une jardinière au bout de la cour. Le sac de feuilles qu'il avait négligé de mettre dans le garage quelques jours auparavant avait aussi été renversé et éventré. Les feuilles se répandaient sur le gravier du sentier.

Il fuma lentement, puis une fois le mégot écrasé, il descendit revêtir son blouson de jardinier. Retrouver le froid ne lui plaisait guère. Il frissonna avant même d'ouvrir la porte. La lumière de novembre entamait sa glissade vers l'ombre et Léandre se sentait infiniment triste.

4

L'ÉQUIPE MARCHE SUR DES ŒUFS. Une tension à couper au couteau flotte dans les studios et les couloirs. Une fois de plus, le vent institutionnel est aux coupes budgétaires.

J'ai retrouvé la fébrilité du monde des médias. Ma drogue. J'ai repris le rythme que génère l'adrénaline dont je suis devenue accro. Quittant l'effervescence d'une réunion, je me précipite à mon poste de travail pour terminer une recherche sur Internet, avant de retrouver mon invité et d'entrer en studio.

J'arrive chaque jour à 8 heures pile avec en bandoulière les réflexes d'une vraie professionnelle. J'enfile les tâches comme des perles : un remue-méninges par-ci, une refonte du calendrier par-là, le choix des sujets à couvrir et la distribution du travail à accomplir dans l'équipe. Pas de temps pour les conversations, encore moins pour les vraies confidences. Ne se glissent dans cette constante course à la montre que des ricanements juvéniles et des récits d'incursions dévastatrices de budget dans les boutiques avoisinantes. Si l'amitié a besoin de temps, de loyauté, de confiance et de spontanéité pour vivre, le copinage, lui, se satisfait pleinement de rires étouffés, de blagues transférées par courriel ou de rumeurs chuchotées devant les lavabos des toilettes.

Malgré un week-end grignoté par des appels téléphoniques et des heures prolongées en début de semaine, je forge un sourire irrésistible pour accueillir mon invité. Je lui offre un café, le guide vers la salle de maquillage et lui fais la conversation en marchant vers le studio. Le tournage débute : une demi-heure d'entrevue, qui tiendra en deux minutes à l'écran ! L'invité reparti, je retourne à mon poste, reprends ma navigation sur le Net, sème quelques messages dans des boîtes vocales, lance mes courriels dans le cyberespace et, merveille, réussis du premier coup à confirmer l'invitée du mercredi suivant.

Parfois, le *booking* prend un temps fou. Les gens ne sont pas là, ne rappellent pas, se désistent ou pire : la personne approchée tergiverse, se demande si, se fait prier comme la fiancée d'autrefois, hésitant à permettre un baiser sur le front. D'autres jours, les pièces du casse-tête se placent d'elles-mêmes. La date suggérée pour l'entrevue tombe miraculeusement la veille d'un départ en tournée du chanteur ou entre deux répétitions de la comédienne !

Mon royaume ? Un rectangle de deux mètres sur trois dans un espace ouvert. La musique d'ambiance ?Le bruit discret des ongles sur les touches du clavier, la vibration des imprimantes, les sonneries des téléphones et les voix des collègues racolant l'invité comme d'autres le client noctambule.

Je commence à prendre mon téléphone portable en grippe. Comme il devient de plus en plus ardu de rejoindre les artistes et leurs agents, — pour cause de voyagite et de réunionite aiguës — il me faut, pour faire la pré-entrevue ou simplement confirmer une présence à l'émission, être sur le pied d'alerte de plus en plus tôt le matin et le rester de plus en plus tard le soir. Résultat ? Je dois permettre à cet outil diabolique de m'accompagner dans mes plus intimes retranchements. Il me hante dans ma voiture à l'heure de pointe, il me harcèle jusque dans ma chambre à coucher, gruge mes samedis et hypothèque mes dimanches. Lui qui était, il n'y a pas si longtemps, synonyme de liberté, me tient dorénavant en laisse. Comme un toutou. Il sonne et je fais la belle !

Plus les instruments deviennent performants, plus les tâches s'alourdissent. En bout de piste, le temps nous est toujours refusé. Le *cocooning* n'est pas un choix, c'est un devoir professionnel. Il faut bien refaire le plein pour être à la ligne de départ, fraîche et souriante, le lendemain matin.

À 8 heures. Pile.

5

14 novembre

La maison vide est pleine de bruit.

(proverbe basque)

Pierre-Yves est passé au village. Je l'ai croisé au cours de ma promenade. Il était venu prendre les boîtes et les meubles qu'il avait laissés dans sa maison. Il semblait soulagé de quitter Villery. Une page est tournée pour lui.

L'agence immobilière a installé la pancarte « À louer ». Une page a aussi été tournée pour nous…

Pierre-Yves était déjà parti une première fois de Villery… Puis il était revenu. Il quitte à nouveau, mais reviendra-t-il ? Il va me manquer. Quand on connaît quelqu'un depuis sa naissance, il fait partie de notre famille.

Un autre fils adoptif qui…

Léandre biffa la dernière phrase et se leva. Comme d'habitude, il regarda le jardin qui servait de point d'ancrage à ses réflexions. Les plates-bandes dégarnies conservaient quelque givre de la nuit précédente. Le vent soufflait dru, nettoyant les bancs de pierre et le gravier de l'allée des feuilles qui avaient échappé aux ratissages successifs. Au bout de leurs virevoltes, certaines avaient atterri dans la vasque de la fontaine. Elles y resteraient jusqu'au printemps. Léandre avait fermé son jardin. Il s'apprêtait à hiverner.

Il revint à son journal en s'attardant au souvenir de Pierre-Yves. Comme c'était le cas d'à peu près tous les jeunes de Villery, Léandre l'avait eu comme élève dans ses classes de français au secondaire. Timide, bon élève, de ceux qui doivent le moindre succès à des heures d'efforts et d'application. Rien d'un Mario Larocque dont l'intelligence sautillait d'éclairs de génie en inepties grotesques. Pierre-Yves, lui, devait bâtir sa vie avec acharnement. Il l'avait fait.

Après son secondaire, il avait étudié en travail social et décroché un emploi à Hawkesbury. C'est là qu'il avait rencontré Céline, une infirmière qui avait été engagée dès que la résidence de soins de longue durée avait ouvert ses portes à Villery. Pierre-Yves et elle avaient acheté d'un oncle la maison de la rue Notre-Dame et avaient commencé à la rénover.

Un an plus tard, Pierre-Yves perdait son emploi. Il avait cherché un temps, mais rien ne semblait s'offrir dans son domaine. Dépité, pour combler l'attente, il avait ouvert au mois de juin suivant un casse-croûte. Du *fast food* bien apprêté. Cela avait fonctionné tout de suite grâce aux employés de la Pépinière Bouvier. Les gens du village avaient pris eux aussi l'habitude de s'y rendre, autant pour se restaurer que pour causer. De tout et de rien. À l'automne, le casse-croûte était devenu le Café Villery. Pierre-Yves avait agrémenté le menu de soupes maison ou de mets simples. Il s'était découvert un talent pour les desserts…

Villery vit un départ… Un autre. Mais celui de Pierre-Yves est plus que le départ d'un jeune homme que j'aimais bien, c'est un repli de plus pour le village.

Le centre communautaire condamné, le bureau de poste fermé, la mairie abandonnée, le Café était devenu notre lieu de rassemblement. Le dernier lieu de rendez-vous, avant les deux inéluctables : la résidence et le cimetière. Entre un gâteau au chocolat, une croustade aux pommes et une tarte à la citrouille, Pierre-Yves nous permettait de maintenir vivante la mémoire du village.

Léandre s'adossa à sa chaise pour cristalliser sa pensée. Le Café Villery avait aussi été un lieu d'inclusion… Car, si Villery s'était vidé de la plupart de ses familles d'origine, il avait, dans les récentes années et grâce au bas prix de ses loyers, retrouvé ou gagné quelques âmes. Entre autres, une idéaliste, une artiste et deux travailleurs au noir chroniques.

Léandre pinça les lèvres. Son regard s'alluma. Il reprit son stylo et le fit courir sur les lignes du cahier pour esquisser quelques portraits mordants.

Notre idéaliste, c'est Carole Faubert, une divorcée dans la cinquantaine, originaire de Windsor. Féministe de hauts cris, écolo vert tendre, végétarienne de stricte observance : tout cela en un seul « package », *comme dirait Mario. Elle tient les discours les plus clichés que j'aie entendus depuis trente ans sur tout ce qui grouille et grenouille. Elle s'habille comme la hippie qu'elle fut dans les années soixante-dix et semble vivre en fort bonne entente avec ses contradictions : la végétarienne dévore le pot-au-feu ; l'écolo conduit fièrement un véhicule utilitaire sport ; la féministe vit confortablement des rentes versées par un ex.*

Notre artiste, c'est Louise Brazeau… ma voisine immédiate. La trentaine un peu snob. Revenue parmi nous après un séjour de quelques années à Montréal et en France, elle a converti le rez-de-chaussée de la maison familiale en atelier et s'y adonne à la sculpture et à la peinture sous le nom de Pascaline DeParis, avec le P majuscule s'il vous plaît. Elle s'offusque de nous entendre échapper à l'occasion un «Louise» qui lui secoue l'amnésie, et elle rage contre Mario qui l'appelle ironiquement Pascaline De-par-ici.

Nos travailleurs au noir, ce sont Simon et Émilie... Chaque village a les siens, c'est connu. Villery n'échappe pas à la tradition. Les nôtres sont venus de la région de North Bay par je ne sais trop quels chemins de traverse. Ils sont rapidement devenus des citoyens bien de chez nous. Un modèle d'intégration! Ils habitent une maison en rondins au milieu des bois, à un kilomètre du village. Ils ont recueilli un chien errant, une corneille blessée, quatre chats perdus et une mouffette orpheline, avant d'acheter des chèvres. Simon veut maintenant un âne! Pour survivre avec leur zoo, ils font de tout: tonte de pelouses, peinture, maçonnerie, couture, fromage maison et tartes aux baies. Émilie sert les soupers à la résidence; Simon remplace Marcel quelques heures en fin d'après-midi au dépanneur. Tout cela sous la table, bien entendu!

Léandre se souvenait de tout ce beau monde qui se retrouvait chez Pierre-Yves, chaque jour. Le va-et-vient débutait vers 11 heures et se poursuivait jusqu'en mi-soirée. Il y avait bien quelques automobilistes affamés qui s'y arrêtaient à l'occasion, le temps d'un hamburger et d'une frite, mais le Café Villery était davantage un lieu d'habitués...

Vers 11 h 30, Mario venait chercher son dîner tout en surveillant du coin de l'œil la station-service abandonnée à elle-même. C'est aussi au Café qu'il prenait sa pause de l'après-midi, assis devant l'une des fenêtres, les yeux rivés sur les pompes à essence. Si une voiture arrêtait pour faire le plein, Mario courait vers sa jeep et démarrait comme un fou pour aller servir le client.

Julie Bouvier ne fréquentait guère le Café de mai à la fin d'octobre, mais du début novembre à la mi-décembre, elle y passait le plus clair de son temps. Elle enchaînait alors les cafés et discutaillait avec Pascaline DeParis, chaque fois que le hasard les amenait en même temps chez Pierre-Yves. Anciennes rivales au secondaire, elles jouissaient toujours, vingt ans plus tard, de se quereller sur tout et sur rien, avec une complicité qui n'échappait à personne. Le Café leur donnait l'occasion de s'empoigner verbalement avec panache.

D'un bout à l'autre de l'année, avec une persistance digne d'un marteau-piqueur, Carole Faubert soumettait cent idées de sauvegarde du patrimoine local aux habitués du Café. Ces beaux projets n'avaient qu'un point en commun : ils se révélaient tous aussi farfelus qu'irréalisables.

Avant d'aller prendre la relève de Marcel au dépanneur, Simon s'arrêtait pour vanter les talents domestiques d'Émilie et proposer, en échange d'une bière servie discrètement — Pierre-Yves n'avait pas obtenu le permis de vente d'alcool — des solutions aux problèmes de rénovation et d'entretien d'un peu tout le monde. Après sa journée de travail, Marcel arrivait enfin. Rituellement, il commandait une grosse pointe de tarte et un verre de lait, avant de rentrer à la maison où l'attendait… son souper.

Léandre, lui, s'arrêtait à des heures variables selon la saison. Toujours bien mis. Toujours courtois. Devant un café et la gâterie du jour, il écoutait religieusement et réglait la durée de ses visites selon la verve ou la cocasserie des conversations. On le prenait à témoin d'un fait. On lui demandait de confirmer un souvenir. Il demeurait affable, mais toujours un peu distant. Personne ne s'en offusquait. On connaissait le personnage.

Les seules personnes du village à n'avoir jamais mis les pieds au café de Pierre-Yves sont les vieilles demoiselles Francoeur, Lucille la folle de Dieu et Armande la folle tout court. Le départ de Pierre-Yves force tous les autres à rentrer chez eux. Nous sommes devenus à présent des îlots à la dérive du temps... Il arrivera, bien sûr, qu'un pont soit jeté entre nos rives, le temps d'un achat au dépanneur, d'une réparation au garage, d'une rencontre fortuite sur une des passerelles ou d'une visite au cimetière. Mais l'âme du village, cette flamme vacillante qui carbure aux contacts, aux conversations et aux échanges, ce lumignon de mémoire, faiblira de jour en jour.

L'hiver sera long à Villery Station.

6

Josiane est à Ottawa. C'est le moment de sa tournée des bailleurs de fonds. Un rite. Une nécessité. Un devoir, plus économique qu'artistique, à remplir avant de s'envoler pour Los Angeles, après un saut de puce à Toronto.

Ouf!

Nous communiquons depuis deux jours par boîtes vocales interposées. Nous courriellons. Nous « textons ». Elle repart ce soir. Difficile de trouver le temps de nous voir. Elle tient absolument à me parler. En personne. Impossible d'en savoir davantage : « Quelque chose d'important. » Elle veut sans doute m'inviter à sa soirée du Nouvel An. Comme tous les ans.

La veille du Nouvel An n'a plus rien de la rencontre d'amis que nous préparions en blaguant. La fête intime s'est transfigurée en réception… avec service de traiteur. Et, sous son déguisement de soirée amicale, elle est devenue essentiellement une réunion d'affaires. *Bizenesse d'abord*, telle est maintenant la devise de Josiane et Vincent. Ils insistent pour que je les aide à choisir le menu, puis, quand vient le grand soir, ils aiment que je joue les hôtes avec eux. Ça ne m'amuse plus vraiment, mais l'amitié a aussi ses devoirs. Ce que j'aime encore, par contre, c'est l'après-réception quand, une fois le dernier invité parti, Vincent ouvre une nouvelle bouteille de champagne et qu'à trois l'on peut se croire encore jeunes.

En tortillant nos horaires, Josiane et moi avons finalement découvert une plage commune de liberté. Une parenthèse de une heure et vingt-cinq minutes entre ma sortie du studio et sa course vers l'aéroport.

Du vestibule du pub, j'ai pu tout à l'heure observer Jo, installée à une table. Dans la pénombre, elle ressemblait à ses photos publicitaires. La lumière tamisée de la pièce agissait comme les filtres du photographe. Assise bien droite, toute poitrine dehors, elle souriait à une caméra imaginaire en jouant subtilement de la prunelle. L'art de la séduction anime chacun de ses gestes. Elle croit encore que tous les regards sont braqués sur elle. Elle demeure convaincue que tous les hommes la désirent follement et qu'elle est le meilleur atout de sa maison de production. Le fait que Vincent soit un homme rigoureux qui prépare ses dossiers avec minutie, sait inspirer confiance et soutenir ses arguments ne l'effleure même pas. Dans l'esprit de Jo, les contrats signés avec leur maison de production ne sont que des sublimations de concupiscence à son égard.

À première vue, Jo n'a guère changé en vingt-cinq ans. Juchée sur ses talons, elle marche toujours en oscillant légèrement les hanches. Elle conserve le mollet musclé et la fesse ferme. Son visage arrondi et ses grands yeux étonnés lui assurent encore l'expression de candeur qui faisait son attrait en début de carrière.

Certains signes ne mentent pourtant pas. Ses lèvres se sont amincies ; son sourire s'est durci. Même un maquillage prononcé n'empêche plus les pattes d'oie de refaire surface à la moindre fatigue. Et surtout… preuve flagrante de l'âge que Jo veut ignorer, elle s'habille de plus en plus *sexy*. Ça transparaît, ça plonge, ça raccourcit de partout… C'est cette audace qui, mieux encore que les ridules et les plis du cou, révèle son âge. Il n'y a que les femmes mûres qui tiennent mordicus à être cueillies rapidement. Les filles fraîches ont le temps, elles…

Le pub s'est rempli rapidement. Notre conversation augmente de volume pour contrer la cacophonie des sonneries de portables où se superposent l'*Hymne à la joie, Take Five* et *Strangers in the Night.* Notre voisin a quitté sa place pour converser loin de sa compagne. Il circule entre les rangées de tables en agitant son bras libre et en grimaçant. Ses affaires ne roulent pas bien… Nous le savons tous, maintenant. Sauf sa petite amie qui bâille devant sa chope de bière.

Ce que veut Josiane ? Le récit de mes amours avec Maxime.

— Ça ferait un scénario du tonnerre, Florence… Penses-y ! Une histoire comme la vôtre. Qui se termine comme la vôtre…

J'ai refusé.

J'ai eu droit au sermon sur la montagne, version médiatique. Heureux ceux qui racontent leur vie sur la place publique ! Heureux ceux qui s'abandonnent à la thérapie de l'aveu ! Heureux ceux qui, de leur indécence, sauvent les frustrés qui n'ont pas accès à la magie libératrice de la parole publique !

— Josiane, c'est non.

Elle insiste. Offre un compromis : pas de détails intimes.

— Juste une trame. Juste tes émotions.

Se rend-elle compte de ce qu'elle demande ? Nullement. « Arrache-toi l'âme, Florence. On en fera un bon mélo pour faire sangloter les quinquagénaires esseulées ! »

Elle insiste. Elle roucoule. Elle supplie. Je cède.

Nous nous sommes levées en hâte: elle risquait un retard. Après l'accolade d'usage, elle m'a annoncé que cette année, exceptionnellement, Vincent et elle fêteraient le Nouvel An en Espagne… Un producteur américain, « vraiment chou », les a invités dans l'une de ses villas. Celle de la Costa Blanca.

Elle chantonne un *Adios !* en sautant dans le taxi.

Sûre de son effet, la Josiane ! Certaine de pouvoir tenir un émouvant récit à son retour. *Je désire, donc j'obtiens.*

En marchant vers le stationnement, je rageais contre moi-même. Pourquoi avoir accepté ? Pourquoi ne pas avoir enfin profité de l'occasion pour me défaire de son emprise ? Je sais fort bien comment Jo tisse sa toile. Je détecte ses tours de passe-passe et ses entourloupettes. Je la connais par cœur, Jo. Elle est habile, c'est vrai, mais j'ai appris à la voir venir, même quand elle troque ses gros sabots contre d'élégants escarpins.

Mais, bêtement, je succombe. Ce n'est pas par manque de lucidité que je me soumets à ses exigences. C'est par… Par quoi, au fait ? Ce n'est plus par amitié. J'en suis sûre et certaine maintenant. Alors ? Par habitude ? Par faiblesse ?

En serrant les dents, j'ai décidé : Jo veut de l'émotion ? Jo a commandé une belle histoire d'amour et de mort, avec beaucoup de larmes ? Elle l'aura.

À ma façon.

7

22 novembre
Il y a trop de monde qui écrit des livres,
pis il y en a pas assez qui pense […]
Théâtre de la Vieille 17
Les murs de nos villages

C'est cette réplique d'une pièce de théâtre à laquelle j'avais assisté au début des années 1980 qui m'est venue à l'esprit en pénétrant dans le temple éphémère de la littérature.

Tout a commencé par une invitation de Carole me proposant de l'accompagner au Salon du livre. J'ai accepté, et je me suis aussitôt demandé pourquoi. Peut-être simplement parce qu'il faisait un soleil magnifique et que soudain, à Villery Station, j'étouffais.

Ce n'est pas d'aujourd'hui que je suffoque dans ce village inerte, mais comme j'y suis ancré depuis soixante-dix ans, mes racines pénètrent trop profondément en terre pour que je puisse m'en extraire plus que le temps d'un voyage. Et puis… la vie m'a un jour coupé les ailes, comme au dindon d'une triste farce.

Peu avant midi, après avoir cherché longuement une place où garer la bouffeuse de carburant, Carole et moi suivions la foule qui s'engouffrait dans l'édifice. File d'attente au vestiaire, file d'attente devant la billetterie et file d'attente à l'entrée de la salle d'exposition. Comme nous savions parfaitement que nous ne fréquenterions pas les mêmes kiosques, nous avons convenu de nous retrouver au bas du grand escalier, à 15 heures. Je l'ai aussitôt perdue dans la cohue de cette grande foire.

Léandre n'avait pas mis les pieds au Salon du livre depuis sa retraite de l'enseignement, sept ans plus tôt. La première année, il avait décidé de prendre congé, tout simplement. La seconde, il cherchait toujours à échapper aux mauvais souvenirs de ces journées affolantes passées avec une trentaine d'ados aussi intéressés par les livres que lui par leurs jeux électroniques. Et puis, sans trop s'en rendre compte, il s'était enfermé dans sa bulle jusqu'à oublier les dates de l'événement.

Ses livres, il les achète dans les librairies qu'il continue de fréquenter chaque fois qu'il se rend à Ottawa ou à Montréal. Il ne sait pas encore que l'on peut commander par Internet. Léandre a renoncé à l'idée de posséder un de ces « engins démoniaques », comme il surnomme les ordinateurs. Le dernier ordinateur dont il s'est servi était celui de la salle des profs, à l'école. Après avoir introduit tous les jeunes de la contrée aux merveilles informatiques — profession oblige — Léandre jouit voluptueusement de son statut de non branché.

Le Salon m'a semblé une baudruche qui enfle d'année en année ! Après sept ans d'absence, j'ai eu le vertige. On peut se sentir oppressé par trop de lumière, trop de couleurs, trop de bruit et trop de produits. Et puis, dans cet immense entrepôt, j'ai tôt fait de comprendre que l'on se rue non plus sur des livres, mais sur des personnalités.

Fuyant les stands trop fréquentés, je me suis dirigé vers les étalages à l'écart… loin des familles bruyantes, des poussettes qui vous martèlent les mollets, et des tables de dédicace où les gens s'agglomèrent comme des ouvrières autour de leur reine en quête de l'honneur d'un trait de plume indifférent sur une page neutre.

Étant de la génération des « sons et lumières », j'établis parfois des liens outranciers entre les choses. Par exemple, le mot « livre » demeure encore pour moi synonyme de littérature. C'est bête. Je le sais. Comme il est sans doute très bête de chercher sous certaines couvertures aguichantes… un contenu. J'ai caressé des livres magnifiques, bijoux étincelants dans leur écrin de couleurs. Je n'ai rien contre les produits attrayants. Mon seul caprice : qu'il y ait aussi du texte entre les images, et que ce texte dise quelque chose.

Hors-concours, Léandre Arcand. Out.

Le premier stand où s'était arrêté Léandre étalait des livres de recettes. Recettes de cuisine, de jardinage, de bricolage, de relations mère-fille, de contacts père-fils, de voisinage serein, de guérison instantanée, de voyages sans surprise et de placements sans histoire. D'un œil amusé, il avait noté les mille et une façons d'utiliser des épinards frais, de transplanter les pois de senteur, de découvrir du bois sans nœud et d'agir positivement sur son aura. Il s'était attardé sur un centième titre consacré aux chats, à leur mystère et leurs pouvoirs paranormaux. Cette fois pour les photos. Léandre a un faible, un très grand faible, pour les chats…

J'ai été assailli par des étalages de superficialité racoleuse : biographies de politiciens désireux de revenir un moment sous les projecteurs, de vedettes en mal de se raconter et de criminels convaincus, par un éditeur avide de best-sellers, *que leur histoire était unique. Sensationnalisme tissé de racontars, d'esprit de vengeance, d'opportunisme, d'insinuations mesquines ou de drames amplifiés pour un public assoiffé de potins ou de larmoiement.*

Léandre avait aussi fait des découvertes : un recueil de poésie, un essai un peu grinçant et deux romans boudés par les jurys des grands prix.

Bien avant l'heure du rendez-vous avec Carole, il s'était senti fatigué. Il avait trouvé place sur un banc de parc qui n'avait jamais vu l'herbe, entre un cèdre en pot et un faux réverbère au coin d'une rue factice. Une longue file se formait près d'un stand occupé par une tête d'affiche, ancien ministre amer, toujours détesté, qui, déterminé à construire son propre monument pour la postérité, signait la brique ravageuse qu'il venait de publier. Le bon public salivait…

Au stand d'en face, des écrivains rassemblés sous leurs photos haut perchées causaient en attendant le changement des équipes de dédicace. Une jeune employée s'affairait à trouver les titres à étaler durant le prochain quart de signature. Un auteur, sous sa photo géante, s'impatientait en regardant sa montre. Ses gestes peu discrets racontaient son malheur : la table où il devait s'asseoir restait occupée par l'écrivaine de la séance précédente.

Cette dernière interpellait les passants, insistant pour qu'ils achètent la biographie de son grand-oncle, livre qui, tenait-elle à préciser, avait exigé d'elle des années de recherches ! « Le temps consacré au travail d'archives serait-il garant de valeur littéraire ? » s'était malicieusement demandé Léandre.

De son banc, il regardait la foule gonfler comme un œdème allergique. Les visiteurs passaient entre les stands avec de plus en plus de difficulté, cherchant bien autre chose que l'histoire du tonton « biographié ».

À présent, les visiteurs du Salon achètent, ils ne bouquinent plus. Il n'y a ni temps ni place pour l'imprévu.

Ils ont minutieusement dressé une liste des livres qui ont fait l'objet de chroniques de promotion dans les médias. Ils ont soigneusement inscrit le titre, l'auteur et les numéros des stands où se vendent ces incontournables. La preuve ? Ce n'est pas aux livres qu'ils jettent les yeux, mais en haut, là où figurent les numéros des kiosques. Après vérification, ils prennent patiemment leur rang dans la file. Leur récompense sera d'approcher enfin, exemplaire en main, le politicien amer, la vedette ressuscitée ou le criminel repenti.

J'ai eu tout à coup pitié. Pitié pour la biographe et son grand-oncle, dont personne ne semblait vouloir connaître la vie trépidante. Pitié pour l'écrivain impatient qui faisait pleuvoir sa salive en réclamant de plus en plus fort à l'employée placide qu'on libère la table de dédicace. Pitié pour ce poète que j'avais reconnu, à qui la soixantaine donnait maintenant l'apparence d'une poire et qui, après s'être installé en catimini avec sa pile de bouquins à la place d'un confrère retardataire, avait été vertement prié d'abandonner le siège usurpé. Puis, la biographe désillusionnée céda enfin sa place à l'écrivain anxieux, qui respira mieux.

La file au stand voisin bloquait à présent le passage des visiteurs. Pendant plus d'une demi-heure, l'écrivain anxieux, le dos droit, le cou raide, la mâchoire grimaçante et le regard hagard, persistait à sourire à une foule… qui lui tournait le dos.

Léandre avait retrouvé Carole Faubert à l'heure dite et lui avait fait part de ses observations. En grimaçant, celle-ci lui avait lancé :

— Léandre, tu vieillis mal.

— Et toi, tu vieillis bien ?

— Je m'efforce de « penser positif », moi. Tu m'agresses avec tes ondes négatives.

Le passager de Carole Faubert avait eu droit à un résumé du cours *Croissance personnelle 101*. Agacé, Léandre s'était empressé de mettre les choses au clair.

— Ce qui t'agresse, c'est ma lucidité.

— Ta morosité, tu veux dire. Quel trouble-fête tu es ! C'est si magnifique, la vie !

— Pas toujours.

— Vieux bougon !

— Je suis réaliste.

— Non ! Grognon.

— Tiens, je ne suis plus vieux ?

— Tu manges trop de viande rouge, Léandre, ça t'aigrit.

Léandre avait eu soudain grand hâte de revoir Villery Station. Il avait plongé dans le silence durant le reste du trajet, en se répétant qu'il vivait sa dernière sortie avec madame Carole et ses ondes positives.

Dans la maison sombre, trois paires d'yeux, rendus brillants par la lumière du vestibule, m'attendaient. Mais, dès que j'eus refermé la porte, je fus boudé avec arrogance. C'est l'odeur du fromage fondu qui m'a attiré leurs égards. Alors, à tour de rôle, ils sont venus vers moi : Gribouille en sautillant, Mademoiselle en racolant, tandis que Tit'Queue, rancunier, n'est venu se frôler à mes chevilles qu'après le repas.

Réconciliés, nous avons regardé ensemble des bouts d'émissions de télé. L'habile zappeur que je suis devenu a fermé l'appareil quand les bulletins de nouvelles se sont mis à sévir sur toutes les chaînes.

Un geste d'hygiène mentale !

8

Décembre me glace. Pas à cause de la froidure, des premières neiges et des trottoirs un peu traîtres. Non. Je hais décembre pour son charme pernicieux. Pour l'espoir d'un monde meilleur qui miroite dans le ciel de Noël. Pour ses couleurs arrogantes sur la blancheur des parcs. Pour ses décorations naïves qui virevoltent encore sur les miettes de mon enfance. Pour ses appels au partage et à la fraternité, et pour les retrouvailles qu'il entraîne. Pour moi, tout cela a un arrière-goût de réunion de famille. Un piège à tendresse qui me renvoie à ma solitude d'orpheline. Car, bien que j'aie eu deux mères et deux pères, je me suis toujours sentie orpheline.

Je suis née… et ma mère est un peu morte, ce jour-là. Une sorte de langueur l'accablait, comme si elle ne pouvait se remettre de mon arrivée. Comme si, en me mettant au monde, elle ne m'avait pas donné la vie, mais sa vie.

Mon père, lui, disparaissait des semaines entières. Il le fallait bien : il était commis-voyageur. Chaque soir, il téléphonait à maman. De Québec, de Sherbrooke, de Trois-Rivières ou d'Ottawa. Et maman le suivait en pensée, me traduisant en nombre de « dodos » le moment du prochain retour. Pour tenir maison et prendre soin de moi, mon père avait demandé l'aide de sa sœur Corinne. Elle avait quitté son emploi de secrétaire à Ottawa, et était venue vivre à Montréal avec nous.

Je grandissais. Ma mère s'étiolait. Il me fallait être sage et silencieuse durant la journée, afin que maman puisse bien dormir pour « reprendre des forces ». Sa guérison reposait en quelque sorte sur mes faibles épaules… Et ces forces à reprendre semblaient la fuir davantage à chaque saison.

La maison avait des allures de monastère. C'est triste, un monastère, pour une fillette de trois ans. Le long couloir du logement demeurait toujours sombre, car il fallait garder les portes des pièces bien fermées pour « respecter le repos de la malade ». Comme je l'ai détestée, cette expression si chère à tante Corinne !

En échange de ma soumission gentille, j'avais droit, après ma sieste de l'après-midi, à une courte visite auprès de maman. Tante Corinne m'asseyait sur le lit. Maman se redressait, toujours enveloppée d'un épais châle bleu ciel et soutenue par deux oreillers joufflus. D'une voix faible, elle me lisait un conte. Je m'imaginais alors avoir froid comme la petite fille aux allumettes, ou peur comme le Petit Chaperon rouge ou Boucle d'or. Je m'approchais davantage d'elle, me collant à son flanc pour y trouver une chaleur rassurante. Elle esquissait un sourire. Son bras me retenait contre elle et elle couvrait mes épaules d'un pan de son châle.

Ces simples gestes lui imposaient trop d'efforts : la fatigue reprenait le dessus et la suite du récit était remise au lendemain. J'avais droit à deux autres visites dans la chambre de maman : l'une pour le baiser du matin, l'autre pour la brève prière du soir.

Un jour, maman a quitté la maison pour l'hôpital. Je me souviens de l'ambulance arrêtée dans la rue et de la civière que deux hommes poussaient. Papa tenait la main de maman, la regardant avec une tendresse affolée. J'entends encore les piétinements des voisins du dessus que la curiosité avait attirés sur leur balcon, malgré le froid humide de novembre. J'ai couru rejoindre mes parents dans l'ambulance, faisant fi de l'interdiction de tante Corinne et de ses tentatives de me retenir. Papa m'a prise dans ses bras et je me suis retrouvée près de maman dans le véhicule. Les gyrophares s'agitaient déjà. Je grelottais. Maman pleurait. Elle m'a embrassée très fort. Tante Corinne m'a ramenée au chaud.

Il faisait gris. Je n'ai pas eu de fête d'anniversaire cette année-là… J'étais devenue orpheline. Une première fois.

Mon père avait vingt-neuf ans. Il a imploré tante Corinne de rester avec nous. Elle a accepté. Je crois qu'elle s'était attachée à moi. L'atmosphère de monastère continuait de planer sur la maison, même si le « repos de la malade » ne pouvait plus servir d'excuse.

Bien que généreuse et dévouée, tante Corinne avait quelque chose de la vieille fille puritaine, un peu amère, qui ne souriait que rarement parce que la vie n'est pas une partie de plaisir. Je la revois, frêle, la tête toujours un peu penchée sous le poids d'une anxiété chronique.

À mesure que le temps passait, mon père s'absentait de plus en plus souvent. Tante Corinne avait flairé l'attache amoureuse car le travail seul ne pouvait justifier ces absences prolongées. Elle avait vu juste.

Un dimanche de mai, papa nous a présenté Denise, sa fiancée de Québec. Je l'ai haïe d'emblée. Je n'ai jamais su pourquoi. Ce fut instinctif. Viscéral. Féroce. Papa a tout tenté pour nous rapprocher, mais les rencontres qu'il forçait sous les prétextes les plus insolites ne faisaient qu'envenimer la situation. Tante Corinne, qui sentait menacée la place qu'elle occupait depuis plus de cinq ans, laissait aller les choses et ne cherchait nullement à me raisonner.

Lorsque je suis entrée à l'école, elle a trouvé un travail à mi-temps comme caissière à la banque du quartier. C'est là qu'elle a connu Louis Laforge, un célibataire de quarante ans qui venait de perdre sa mère. Il l'a demandée en mariage à Noël de l'année suivante. C'était inespéré pour Corinne, qui avait la trentaine bien sonnée.

Il fallait trouver une solution à notre situation familiale. Le fiancé de tante Corinne m'avait rencontrée à plusieurs reprises pendant leurs fréquentations. Je l'aimais beaucoup. Il me faisait rire : une nouveauté dans ma vie. Il me gâtait aussi. De plus, quand tante Corinne était avec lui, je sentais souffler le vent de la liberté… Un tout petit peu… mais, durant ces brefs moments, je pouvais oublier le monastère au couloir sombre.

Louis Laforge lança l'idée qui, finalement, rallia les quatre adultes en cause. Il proposa à mon père de m'adopter. La fiancée de Québec qui me détestait encourageait mon père dans ce sens… au nom du bien de l'enfant, on s'en doute. Après bien des tergiversations, mon père accepta de se séparer de moi, mais il refusa catégoriquement l'adoption légale.

Deux mariages se succédèrent à l'été 1962. Mon père s'ancra à Québec avec Denise. Tante Corinne et Louis demeurèrent au logement de Montréal avec moi. Graduellement, mon père devint une sorte d'oncle gâteau qui me visitait fidèlement. Mais, dans la vie de tous les jours, j'avais un autre papa. J'en suis venue à les appeler papa Charles et papa Louis.

Deux fois, papa Charles m'offrit de m'amener à Québec. La première fois pour me présenter un demi-frère, puis l'année suivante une demi-sœur. Je refusai obstinément, chaque fois avec l'appui discret de tante Corinne et le sourire ravi de papa Louis. Jamais papa Charles n'insista.

Ce bonheur relatif a duré cinq ans.

Le gâchis débuta l'année de l'Exposition universelle de Montréal. Papa Louis essuya coup sur coup deux refus: d'abord la promotion pour laquelle il travaillait sans relâche, puis la mutation qui aurait ménagé son orgueil. Il se retrouva sous les ordres d'un jeune ambitieux qui, selon lui, ne cherchait qu'à l'humilier et à le pousser à bout. Il s'assombrissait de jour en jour et se réfugiait dans un silence taciturne. J'ai compris plus tard qu'il s'était mis à boire.

Tante Corinne découvrit la violence dont Louis était capable sous l'empire de l'alcool. Au début, elle accepta son sort, l'excusant de prières suppliantes en pardons très chrétiens. Mais la violence devenait de plus en plus sauvage et fréquente. Un soir, j'avais alors quatorze ans, je surgis de ma chambre et frappai avec fureur celui qui s'acharnait sur Corinne. La violence de papa Louis se tourna contre moi.

Louis Laforge était allé trop loin.

En secret, tante Corinne fit appel à papa Charles qui, grâce à ses relations, lui trouva rapidement un emploi à Ottawa. Elle reçut de lui une somme substantielle pour nous permettre de nous installer là-bas, et la promesse de taire notre destination. C'est ainsi qu'un soir de juillet 1969, Louis Laforge trouva le logement abandonné.

Jamais consolé de notre départ, il but jusqu'à ce qu'une cirrhose, quelques années plus tard, ait raison de lui. Papa Charles vint en personne à Ottawa, nous annoncer la nouvelle de son décès. J'étais orpheline pour la seconde fois. Et, dans ma tête d'adolescente, s'infiltra l'insidieuse pensée que j'apportais la malédiction à ceux que j'aimais.

9

25 décembre
La promenade,
une façon d'appréhender le quotidien.
Antonio D'Alfonso

Ce matin, le temps doux m'a même poussé à marcher plus loin et plus longtemps qu'à l'accoutumée.

Le village était à moi. À moi seul.

Léandre n'a pas dérogé à sa promenade quotidienne, même aujourd'hui. Noël est un jour comme les autres pour ceux qui n'ont plus de famille.

Le clocher de l'église est resté muet la nuit dernière; c'est une autre paroisse qui reçoit le curé cette année. Léandre, qui ne fréquente plus l'église que pour les funérailles, s'accommode fort bien de cette situation qui en affole d'autres!

À la résidence de soins de longue durée, les portes n'ouvraient aux parents et amis des patients qu'en après-midi. Le dépanneur était clos. Marcel et Pierrette étaient partis depuis la veille, célébrer chez leur fille. La station-service aussi était fermée: Mario est allé chez son ex, question de recréer pendant quelques heures l'apparence d'une vie de famille pour son fils. Absente aussi Carole, partie recharger ses batteries d'ondes positives quelque part dans les Antilles. Pascaline, quant à elle, fêtait chez des amis à Montréal, et Simon et Émilie se tenaient au chaud au milieu de leur ménagerie. Les demoiselles Francoeur, épuisées de leur sortie à la messe de minuit avec une nièce qui les visite deux fois l'an, se cachaient dans l'antre de leurs souvenirs. Le village appartenait totalement à Léandre.

Villery ressemblait à ces villages brillantés des cartes de Noël. Les toits blanchis, la dentelure des glaçons, tout y était. J'ai longtemps marché dans ce paysage irréel, plongeant dans le décor comme un fantôme, longeant des bancs de neige de deux mètres arrondis par le vent et semés d'étincelles. À l'entrée du cimetière, le vieux saule agitait sa crinière désinvolte et son ombre valsait sur la neige miroitante. J'ai arpenté lentement toutes les rues du village dans une paix profonde…

Mais il fallait bien rentrer et je me suis engagé dans la rue Fournier. Sur la passerelle, j'ai regardé le Scotch cascader avec une fougue d'avril, frisson noir entre deux bras blancs. J'étais hypnotisé. Le temps s'était arrêté. Je n'étais plus ni vieux ni jeune. Ni ici ni ailleurs. J'étais. Immobile entre deux instants.

Tout à coup, à mon côté, j'ai senti une présence. Gabrielle était là. Elle me revenait après trente ans d'absence. Je la savais palpitante, vibrante, debout à ma gauche. Je savais qu'elle allait saisir mon bras. Comme elle le faisait pour se rassurer. Pour prendre appui. Pour implorer ma patience. Je pouvais humer son parfum : Arpège, *de Lanvin.*

Je me suis interdit de tourner la tête, car j'avais conscience que ce geste allait l'anéantir. Mon cœur battait la chamade mais, malgré sa folie, une grande sérénité m'habitait et j'ai pu savourer l'étrange rencontre, à l'endroit précis où elle aimait s'attarder à contempler le ruisseau.

Qu'importait la saison, elle y venait chaque jour, se perdre dans ses pensées. Parfois, son rêve perdurait. Par crainte d'interrompre son voyage intérieur, je n'osais la ramener à la réalité, encore moins l'interroger sur les contrées mystérieuses qu'elle fréquentait ainsi. Je me contentais de l'observer, fasciné au début, puis de plus en plus apeuré par ces absences qui se multipliaient et s'étiraient.

Si seulement j'avais su… L'amour devrait parfois nous interdire les hésitations qu'impose le respect.

Ces souvenirs de Gabrielle, que j'avais crus depuis longtemps effacés, avaient jailli en moi avec une acuité que je ne savais pas possible. Je me suis mis à trembler. M'appuyer au garde-fou et respirer profondément n'a eu aucun effet. Rien n'est parvenu à stopper les secousses qui m'agitaient.

Et puis, aussi brusquement qu'elle m'était venue, Gabrielle m'a quitté. J'ai échappé un cri en vivant ce nouveau départ qui me poignardait en plein cœur. J'ai éclaté en sanglots, envahi par un troublant état de manque qui a duré, duré…

Très, très lentement, ma fébrilité s'est estompée et j'ai pu enfin reprendre le contrôle de mon corps et de mon esprit.

Je suis revenu vers la maison, submergé par l'insignifiance et l'absurdité de ma vie. De la vie !

Encore maintenant, alors que la nuit s'installe, le désespoir m'habite.

10

L'agenda de l'année terminée. Désuet. Un poids mort dont on dispose avec mépris au Premier de l'an. Un bruit sourd dans la corbeille à papier. Le son des jours en allés. Un an de vie à la poubelle du temps !

Cette pensée m'a fait reprendre le cahier. Pour le feuilleter. Avec une curiosité malsaine comme si j'ouvrais le journal intime d'une autre. Se blottissait, entre les colonnes des jours et des heures, la banalité prise sur le vif.

> Réunion de production : 13 h 30. Rappeler Camille B. Rechercher sur Louis T. Coiffeur : pâlir mèches. Acheter beurre + pain. Nettoyeur : jupe marine. Garage : inspection annuelle. Rencontre avec Josiane : reportée. Fête pour l'animatrice : acheter gâteau. Vernissage de J.H. Souper avec Josiane : annulé. Préparer discographie de P.F. Rappeler Vincent. Confirmer entrevue Bruno C. Voir Solange. Arrivée de stagiaire. Conférence de presse reportée. Visite à JR : chambre 415. Faire enlever pneus d'hiver. Tests : être à jeun. Dentiste : reporter rendez-vous. Renouveler ordonnance. Acheter marmelade.

Constat pour l'année qui se termine: beaucoup, beaucoup de solitude entre les tirets de la routine. Un monument à la platitude!

Il faut dire que des retraits en solitude, je suis ravie de pouvoir en vivre quelques-uns. J'en ai besoin. Pour respirer. Pour penser. Un *must*, après une soirée comme le réveillon d'hier chez l'animateur à Carleton Place…

J'acceptais pour la première fois l'invitation qu'il lance depuis trois ans à tous les membres de l'équipe, de la coanimatrice aux maquilleuses, du réalisateur à l'éclairagiste, en passant par les recherchistes et les caméramans. Les années précédentes, j'étais à Oka.

Ils savent recevoir, Étienne Langlais et sa dame! Le champagne à volonté. Pas de simples bulles. Du vrai. Du français. Du cher. De celui qu'on n'ose plus regarder sur les étagères de la LCBO. Et, à profusion, les bouchées délicates et les petits fours assortis.

Nous étions une vingtaine… Certains n'ont fait que passer, comme l'animatrice, en coup de vent entre deux fêtes de famille, et Alexandre, ce caméraman qui a dû, comme Cendrillon, partir avant minuit non sans avoir «karaoké» un peu…

Après quelques mesures de mélodies qui ont su faire resurgir la tradition et les derniers succès de Céline Dion pour nous replonger dans le présent uniformisant, Étienne m'a prise à l'écart.

Il cherche un pied-à-terre en ville. Carleton Place est loin et, l'hiver, les retours dans la poudrerie le rendent anxieux. Après avoir songé à acheter plus près du centre-ville, il y a renoncé: les garçonnières visitées le long du canal et dans le secteur du marché By lui ont semblé d'un prix trop élevé. Il m'a interrogée sur le prix des condos dans mon quartier.

Quelques verres plus tard, il se laissait aller aux confidences. Depuis octobre, je le soupçonnais d'avoir un œil sur Régine, ma jeune collègue. J'ai appris hier qu'il avait plus que les yeux sur elle !

Madame, son épouse, s'est montrée très bonne hôtesse, mais dans un registre plus professionnel qu'amical. Je crois qu'elle naviguait sur le pilote automatique. Un peu distante. Peut-être méfiante. Ou triste. Si elle pressentait le moindrement ce qui venait de m'être confirmé par son charmant époux, elle avait toutes les raisons d'être sur le qui-vive. Soupçonner que parmi ses invitées se cache la maîtresse de son mari, ça vous crève les bulles de champagne. J'ai admiré les tableaux et les sculptures qu'ils possèdent. Nous avons échangé agréablement, elle et moi, sur tout et sur rien. Elle a vite semblé à l'aise avec moi. Elle m'avait sans doute, au premier regard, rapidement éliminée de la liste des rivales appréhendées.

Je suis rentrée tard. Ou tôt. Question de point de vue.

Je goûte aujourd'hui pleinement ce tête-à-tête avec moi-même. Ce n'est pas de l'isolement, mais de la solitude. C'est bon, cette échappée du tourbillon habituel. À condition que je puisse contrôler ma nostalgie.

À la télé ? Des reprises d'émissions censément hilarantes. À la radio ? Du placotage. Beaucoup de mots. Bien peu d'idées ! Une autre chaîne. Musique. Felix Mendelssohn : le concerto pour violon dont Maxime raffolait...

Une profonde tristesse me subjugue. Une tristesse qui ne me vient pas uniquement de l'absence de Maxime. Non. Cette vague de fond... est partie de longtemps. D'aussi loin qu'il me souvienne, j'ai tenté de l'amortir. Mais, avec mes airs de fille qui s'en fout, va son chemin, fonce et mord dans la vie, je demeure sous l'emprise d'une *saudade*[1], d'un perpétuel état de manque qui me gruge tous les bonheurs.

Être orpheline, c'est aussi un état d'âme...

---

1 - Saudade : exprime une tristesse empreinte de nostalgie, quand on se sent dépossédé de son passé (mot portugais et galicien).

11

Je ne grandissais plus: je m'étirais. J'étais devenue longiligne. Mais, à dix-sept ans, j'avais encore la poitrine plate. Après m'avoir protégée un temps des regards masculins, le couvent de la rue Rideau avait fermé ses portes. Il me fallait affronter dorénavant les classes mixtes de l'école secondaire publique.

Dès le premier jour de la rentrée, les garçons se sont mis à me taquiner. Au lieu de Florence, on m'appelait Floor. Une variante «bilingue» de «planche à repasser». À cause, évidemment, de ma poitrine. Ou plutôt de son absence.

J'ai rongé mon frein pendant des semaines. Puis, j'ai explosé sur le dos de celui qui, en toute innocence, a fait déborder le vase en échappant un «Floor» qui se voulait amical. Cette réaction violente n'a fait qu'attiser les sarcasmes. Les filles en rajoutaient à leur façon. Cet automne-là fut un enfer.

Je me suis sentie terriblement seule dans ce nouveau milieu jusqu'à ma rencontre avec Steve. Une tignasse de lion. Champion au foot. Deux mètres de muscles et de nerfs.

Et il m'aimait.

Les remarques des copains ont brusquement cessé en février. Mais les cicatrices, elles, sont restées. Elles sont toujours là. Tapies dans l'ombre des années. Je n'ai jamais pu tolérer qu'on utilise un diminutif de mon prénom.

Quelques années plus tard, à l'université, j'étais devenue une étudiante aux cheveux longs, retenus par un bandeau de cuir orné de fleurs peintes à la main. Très d'époque. Mes préférences vestimentaires allaient, comme pour des centaines de jeunes de mon âge, au coton indien, aux sandales artisanales et aux ponchos colorés. Papa Charles assumait le coût de mes études en sciences sociales. C'était un peu différent des cours de secrétariat que tante Corinne m'avait suggérés, et mon choix ne lui avait pas plu.

Nous habitions alors le quartier de la Côte de Sable, elle et moi. Nous avions des accrochages à propos de tout et de rien. J'étais trop libre d'esprit et de mœurs pour elle. Elle me boudait pendant des jours. Je me vengeais par plus d'indifférence ou… d'audace. Elle restait médusée devant mon impudence. « Qu'est-ce que j'ai fait au bon Dieu pour vivre ça ? » disait-elle en me regardant partir le matin accoutrée, selon elle, comme une mendiante. Cette phrase rituelle remplaçait le « il faut respecter le repos de la malade » d'autrefois.

Pauvre Corinne ! Je mordais dans la vie au moment où la sienne s'effritait. La mort de papa Louis lui avait asséné un coup. Même après deux ans, elle s'accusait toujours de l'avoir abandonné. Me voir entamer un parcours si éloigné du sentier qu'elle avait tracé pour moi, ajoutait à son sentiment d'échec. Elle se recroquevillait dans une vie étroite… J'étouffais.

L'été de mes vingt ans, j'ai fui au Mexique. Avec des amis, dans une vieille Volks. Des copains sont venus nous rejoindre. On a fondé une sorte de commune là-bas. Puis, entre nous, les discussions solides se sont transformées en disputes. J'étais sans argent. J'ai dû piler sur mon orgueil et demander l'aide financière de papa Charles. Grâce à lui, j'ai pu revenir à temps pour la rentrée universitaire.

Le campus était en effervescence… Cette année-là, j'ai commencé ma carrière dans les médias. À la radio étudiante. J'aimais le petit local feutré où je travaillais deux soirs par semaine. J'adorais mener des entrevues, lancer des débats, choisir les chansons à faire tourner. C'est à la radio, au fond, que j'aurais aimé faire carrière… Pour le climat d'intimité. Pour la place que peuvent prendre le rêve et l'illusion. Mais la vie choisit pour nous. On appelle ça les circonstances, ou le destin quand on veut faire ronflant, ou le karma quand on aime les incursions « hindo-bouddhistes ! ».

À l'été 1976, je me suis portée volontaire pour faire des reportages sur les Jeux olympiques de Montréal. C'est en cherchant une manière d'entrer au Village pour une entrevue avec des athlètes que j'ai rencontré Pierre, journaliste pour un quotidien de Montréal. Divorcé. Père de deux enfants.

Coup de foudre.

Il me faisait passer pour son assistante et je bénéficiais de sa panoplie de laissez-passer. J'ai pu circuler partout et réaliser des entrevues du tonnerre. Trois semaines après notre rencontre, j'allais habiter chez lui. Ce fut le grand virage de ma vie.

Je ne suis pas retournée à l'université. Conséquence immédiate : papa Charles m'a coupé les vivres. Pendant l'automne, j'ai fait de petits boulots pour subsister : vendeuse de billets au guichet d'un théâtre *underground*, livreuse pour une pizzeria, serveuse dans un bistrot à la mode.

Pierre et moi filions le parfait amour. Par lui, j'ai rencontré Albert qui connaissait Pauline, qui avait entendu André dire qu'on cherchait d'urgence une recherchiste à la télé pour une émission de l'après-midi. Encore impressionnée par la nouvelle tour de Radio-Canada, boulevard Dorchester Est, je me suis timidement présentée au bureau du réalisateur. Ce sont mes deux années en sciences sociales qui ont eu l'heur de le fasciner. J'ai été intégrée à l'équipe dès le lendemain. La saison était entamée. J'ai dû apprendre sur le tas. Et vite.

À vingt-deux ans, je gagnais bien ma vie. J'étais amoureuse. J'allais visiter tante Corinne une fois par mois. Sans Pierre. Elle ignorait son existence. C'était mieux ainsi.

Le premier grand amour de ma vie a duré trois ans. Comme toutes les passions amoureuses qui n'ont pas la chance de rencontrer d'obstacles qui les ravivent constamment. Puis, Pierre a été nommé correspondant à Paris pour son journal. Il n'a pas songé à m'inviter à partir avec lui puisque j'avais une nouvelle carrière ici. Il a promis une visite en décembre, qu'il a remise à mai… et à laquelle il n'a jamais donné suite.

J'ai appris, six mois plus tard, qu'une collègue du journal multiplait les séjours à Paris depuis l'installation de Pierre là-bas… J'ai pleuré. J'ai cru ma vie finie. Je me suis lancée dans le travail. J'ai encore pleuré. J'ai travaillé davantage, pleuré un peu moins. Puis de moins en moins… et puis plus du tout.

Cette année horrible a été couronnée par la mort de papa Charles. Il était venu me voir à Montréal, car nous nous étions revus, une fois retombée la poussière de mon abandon des études. Deux adultes s'étaient retrouvés. Je l'avais dissocié de son rôle paternel. Je commençais à mieux le connaître, j'apprenais à l'aimer. Nous allions devenir amis.

Ce jour-là, nous avions lunché rapidement, car il devait rentrer à Québec. Près de Drummondville, il a été victime d'un arrêt cardiaque. Sa voiture a fait une embardée. Il est mort à cinquante-trois ans. C'est maintenant mon âge.

L'orpheline deviendra chaque jour plus vieille que son père. Étrange bizarrerie que la vie !

Le concerto de Mendelssohn est terminé depuis un moment. La *saudade* aurait dû me quitter. Mais ce soleil qui, pendu au-dessus de l'Outaouais, agonise dans une mare de sang glacé ne fait qu'aviver mes fantômes.

12

J'ai promis mon récit à Josiane pour la fin de janvier. Nous y sommes presque. Je n'ai plus le choix : je dois m'exécuter. Faut que ça saute et que je plonge dans le monde des émotions et m'y enfonce… comme une mouche dans la mélasse !

DE : flosa@internaute.on.com
27 janvier 2008 23:23:21
À : jomar@yohaha.ca
OBJET : Comme promis

Salut, Josiane
Promesse faite, promesse tenue.
Tu trouveras en pièce jointe la « trame » que tu as commandée.
J'espère que tu as bien reçu mes vœux pour la nouvelle année.
Il faudrait que tu me racontes un peu ton séjour en Espagne. J'attends de tes nouvelles.
Florence

Pièce jointe

Histoire d'amour qui finit très mal avec sa trame d'émotions assorties

C'était il y a six ans. À la cafétéria de Radio-Canada. Nous occupions alors les locaux de la rue Larkin à Ottawa. Journée humide. Chaude. Début de septembre.

L'homme avait été invité en studio pour une entrevue. Très en avance sur l'heure, il sirotait un thé glacé à la cafétéria, en parcourant son journal. Tournant de la soixantaine. Tempes argentées. Visage racé. Yeux bleu clair. Costume souple. Souliers griffés.

Raffinement.

Je sortais d'une réunion de production assez rock-and-roll et j'étais encore sur l'adrénaline. J'avais décidé de boire un jus, question de ventiler un peu avant de me lancer dans la circulation de fin de journée. Robe de lin froissée. Maquillage effacé. Cheveux décoiffés. Large repousse poivre et sel.

Fatigue.

En passant près de lui, avec mon ordinateur portable, mon grand sac à main et ma bouteille de jus, j'ai accroché sa table et la tasse de thé s'est renversée.

Embarras majuscule.

Excuses et sourires. Je m'assure de ne pas avoir aspergé son beau costume. J'insiste pour éponger la table. Échanges de gentillesses. Regards troublés. Le coup de foudre nous guette. Je le sens. Je fuis.

Confusion avec perte instantanée du nord.

Le hasard se met de la partie. Le samedi suivant, un peu passé 13 heures, je suis assise à la terrasse d'un bistrot au marché By. À deux tables de moi, il est là. Seul. Échange timide de sourires. Je joue l'indifférence. Le serveur tarde à m'apporter le menu.

Nervosité. Fébrilité.

Son cellulaire sonne. Je crois comprendre que la personne qui devait venir le rejoindre ne peut être au rendez-vous. Il se lève, s'avance vers moi, et se présente sans manières: Maxime Trudel. Il s'informe si j'attends quelqu'un. Ma réponse étant négative, il me demande s'il peut s'asseoir à ma table. Conversation banale: danse-hésitation sur l'air du trio profession, origines, loisirs.

J'apprends qu'il est fonctionnaire au ministère des Affaires étrangères. Originaire du Nouveau-Brunswick. Il dit adorer les voyages, — un intérêt que son travail lui permet de satisfaire pleinement — la musique romantique, les peintres impressionnistes et la fine cuisine. Il pourrait aimer le coin du feu, Elvis ou Aznavour, Dali ou Warhol… et la malbouffe, je roucoulerais tout autant ! Sa voix grave est rassurante. Je n'ai plus aucune idée de ce que j'ai commandé… Le vin est bon. Abondant. J'ai perdu le fil du temps.

Ivresse.

Il me révèle qu'il est marié. Crème brûlée. Qu'il n'a pas d'enfants. Café. Que sa femme souffre d'une maladie dégénérescente et qu'elle ne se déplace plus qu'en fauteuil roulant. Pousse-café. Je me laisse aller aux confidences. Pousse-café (bis). Nous échangeons nos numéros de portable et nos adresses courriel.

Maxime vient d'entrer dans ma vie. Par la grande porte, en pleine lumière, en toute franchise.

Confusion merveilleuse avec perte de tous les points cardinaux à la fois.

Je l'invite à dîner chez moi. Une fois. Deux fois. Bingo ! À sa troisième visite, nous devenons amants.

Extase.

Courriels au moindre prétexte. Dix fois par jour.

Messages susurrés dans la boîte vocale. Visites surprises en soirée. Amour à la sauvette. Pour vivre heureux, vivons cachés. Surtout si tu es marié… et connu dans les hautes sphères de la ville. Repas gourmets, bien arrosés. À mon appartement. Heures voluptueuses en tête-à-tête. Corps confondus. Contemplation du soleil couchant avec *Les Préludes* de Liszt en sourdine. Sa robe de chambre dans la salle de bain. Cadeaux de valeur. Et en juin, une semaine irréelle à Paris… Incognito.

État de complète dépendance à la drogue amour.

Projets de vie commune qu'on ose malgré tout : il faut bien rêver un peu. Brusque rappel du bon sens : on ne divorce pas d'une malade en fauteuil roulant. Bijoux de prix. L'œuvre de Chopin en CD. Et la promesse d'un séjour en Autriche.

Passion vive.

Les visites surprises se raréfient. Mais très doucement. Horaires trop chargés, dit-on. Efforts pour se réserver des rencontres. Moments de volupté. Accord toujours parfait des corps et des émotions. L'osmose. Des conversations plus profondes. Je deviens l'amie tout autant que l'amante. Une folle échappée à Rome. Trois jours à flotter entre terre et ciel. Nouvelle charge de travail au ministère pour lui. Absences prolongées, plus fréquentes. Projets de retrouvailles à Londres : abandonnés.

Passion douce.

Le sentiment vague mais fugace que Maxime me cache quelque chose. Un surcroît de responsabilités professionnelles, me dit-il. Je le sens préoccupé pendant des semaines. Puis tout redevient presque comme avant. Pour un temps.

Amour sage.

Maxime n'est plus lui-même. Anxieux. Stressé.

Inquiétude.

On se voit peu. Je ne reçois plus de courriels. Encore moins de messages susurrés dans ma boîte vocale. Enfin une visite. Je le bombarde de questions. Réticences. Hésitations. Il m'explique enfin : la santé de sa femme s'est aggravée. Elle a dû être hospitalisée. Il se doit d'être près d'elle plus souvent. Pourquoi ne pas me l'avoir dit ? Il ne voulait pas m'embêter avec sa vie de famille... Et puis, il y a autre chose. Des tensions à couper au couteau avec le nouveau sous-ministre. Le « grand commis de l'État » craint l'homme d'expérience qu'est Maxime et fait tout pour qu'il précipite sa retraite.

Compassion. Patience.

Notre histoire dure depuis près de trois ans. La passion s'est assagie. Normal. La femme de Maxime est rentrée à la maison. Le sous-ministre est parti en vacances pour un mois. Regain de passion. Maxime me parle d'un voyage en Belgique. Il doit s'y rendre dans deux mois. La saison de télé sera terminée pour moi. Il pourrait ajouter quelques jours à son programme officiel. Nous pourrions nous y retrouver.

Enthousiasme.

Sa participation à la Conférence internationale de Bruxelles l'accapare. Je ne l'ai pas vu depuis deux semaines. Nous ne communiquons que par téléphone. Je reçois son appel le lendemain de son arrivée à Bruxelles. Nous parlons longuement. Juste pour le plaisir d'entendre nos voix. Ma valise est prête. Je partirai dans trois jours. Il me téléphonera la veille de mon départ.

Bonheur parfait.

J'attends son appel le jour dit. Rien.

Inquiétude.

Je tente plusieurs fois de le joindre sur son portable. Puis à son hôtel. Mes messages restent sans réponse.

Montée du stress.

Les heures passent avec une lenteur désespérante. Mutisme complet du téléphone.

Panique.

Le jour de mon départ, je tente le tout pour le tout… Je téléphone à son bureau d'Ottawa. En bonne recherchiste, je laisse entendre à sa secrétaire que je voudrais inviter son patron à une entrevue. Elle me répond, d'un ton neutre, que monsieur Trudel est actuellement à l'extérieur du pays. Je m'informe avec le plus de naturel possible du moment de son retour. En hésitant, et en mesurant bien ses paroles, elle me dit qu'il ne sera… peut-être… pas vraiment disponible pendant « un certain temps »…

Angoisse. Angoisse. Angoisse.

Je prends l'avion pour Bruxelles. À l'hôtel, on m'apprend que Maxime Trudel a été heurté par une voiture. Il est hospitalisé.

Rideau noir.

Je me précipite à l'hôpital, me faisant passer pour un membre de la famille. Maxime respire à peine. Je reste près de lui dans la chambre sombre. Il oscille entre conscience et inconscience. Dans un moment de lucidité, il prend ma main. La presse contre lui. Le temps s'amenuise. Le temps s'étiole. Deux heures plus tard, Maxime s'éteint.

Déchirure.

Je rentre à Ottawa. J'appelle mes meilleurs amis. Ils sont sur le point de prendre l'avion. Ils me rappelleront.

Personne à qui parler.

Les jours passent. Pas de nouvelles de mes amis. Les copines de Radio-Can, elles, se sont dispersées pour les vacances. Je tente de joindre mes amis une fois encore. Pas de retour d'appel. Ils semblent avoir disparu entre Los Angeles et la Côte d'Azur, peut-être avalés par le Triangle des Bermudes.

Indicible solitude de la maîtresse secrète.

Personne avec qui partager ma douleur, ce poignard dans le ventre qui me déchire depuis des semaines. Des journées à pleurer sur les vêtements qu'il a laissés chez moi. L'impression de cauchemarder. L'espérance naïve qu'il va frapper à ma porte… ou que je vais enfin m'éveiller.

Attente irréelle. Désespoir.

Un été à pleurer derrière des rideaux tirés, avec la porte du balcon bien verrouillée de peur de répondre à l'appel du vide. Et Maxime qui hante l'appartement… J'écoute les CD que nous écoutions ensemble. Je feuillette les livres qu'il m'avait donnés. Je regarde les photos de nos courts voyages. Un été à vivre au passé. Un été à tenter de me fuir.

Détresse absolue.

Et puis ? Et puis le temps… qui ne fait rien oublier, mais qui érode un peu le relief de la plaie. Et puis le travail. Le surtemps auquel on s'agrippe comme à une bouée de sauvetage. Travailler tard… pour ne pas rentrer chez soi.

Fuite. Survie.

Et puis, encore le temps. Le retour de mes amis. Brefs instants d'écoute de leur part. Et l'emprise de la vie. Malgré tout. Ancrée en moi, une résolution brûlante comme un tisonnier : on ne m'y reprendra plus.

Sagesse ou cynisme ?

Encore aujourd'hui, l'insupportable pensée d'avoir à vivre un autre deuil, moi, l'orpheline…

13

30 janvier
Mais où sont les neiges d'antan ?
François Villon

Les neiges d'antan ? Ne les cherchez pas, monsieur Villon. Elles sont ici, à Villery Station. Et elles n'en finissent pas de tomber cette année. Les arbustes de ma cour sont enfouis sous la blancheur et, chaque côté du balcon, les cèdres ne révèlent plus que des pointes timides.

Léandre s'est allumé une cigarette. Dès les premières bouffées, il retrouve des volutes d'enfance… et ces hivers traversés avec tant d'allégresse. Ces hivers se passaient au ralenti ; on tenait alors pour acquis que les trajets se faisaient plus difficilement, que les routes pouvaient être fermées, que le temps ne permettait pas toujours aux plus vaillants de suivre l'horaire prévu. Personne ne s'en surprenait. Personne ne s'en offusquait.

La saison froide se vivait avec des tuques, des mitaines et des foulards de grosse laine, trois paires de bas dans les bottes et deux chandails sous le manteau. Les enfants marchaient à l'école en s'accrochant les uns aux autres quand le vent faisait des siennes.

C'était avant que nous devenions des abonnés du canal météo, des accros du thermomètre, des comptables des précipitations et des geignards professionnels. L'hiver, en ce temps-là, faisait partie de notre identité. Ce n'était pas honteux de venir du nord. Et les snowbirds *étaient des oiseaux, pas encore des touristes en mal de chaleur.*

Dans les souvenirs de Léandre, ces hivers-là n'avaient rien d'une épreuve : on se roulait dans la neige, construisait des forts et des tunnels, se lançait des balles bien glacées et patinait sur la moindre plaque de glace. À ces jeux simples, s'ajoutaient les corvées du pelletage qui finissaient immanquablement par une dispute entre frères et sœurs. Ces images d'enfants couverts de neige, de mitaines perdues, de foulards qui traînent et de nez qui coulent font sourire Léandre.

Mais les temps ont changé, et le temps aussi. Les récents hivers nous ont apporté peu de neige et de grands froids, une fort mauvaise recette pour ma roseraie. L'année dernière, j'ai perdu quatre rosiers, des solides, bien enracinés, de ceux qui avaient résisté à bien d'autres caprices hivernaux. Mon jardin ne souffrira pas du gel et du dégel cette fois : rosiers, hémérocalles, iris, astilbes, lys et hostas dorment sous deux mètres de neige.

Depuis quelques années, il semble à Léandre que le temps s'affole, passant du printemps à l'hiver arctique en une nuit, ou de la pluie au gel en quelques minutes. Il trouve bizarre que l'eau coule dans les rues au cœur de l'hiver. Il s'inquiète que la rivière Nation s'étale maintenant chaque printemps sur les terres basses, comme de la tire d'érable sur la neige, et qu'à l'été des tornades menacent Villery comme un village du Midwest américain. Et ce qui l'obsède depuis une décennie, c'est l'éventualité d'une autre tempête de verglas… Machinalement, Léandre jette un coup d'œil sur son jardin et le tilleul, courbé comme un vieillard sur sa canne… À jamais.

Nous n'avons jamais tant devisé sur le climat et l'environnement. Des sujets à la mode, comme les fromages du terroir et le vin de glace. Notre vocabulaire se festonne de nouveaux termes. On les répète comme preuve de notre conscientisation : smog, coupe à blanc, algues bleues, effet de serre.

Une récente étude — une autre — a fait la manchette des journaux à l'automne : cette fois, le bouc émissaire est… une vache ! Oublions les pétrolières, les tuyaux d'échappement des automobiles, la monoculture et même les feux de bois. Les nouveaux coupables sont les bovins. Leur haleine ou leurs vents… Je ne sais plus.

Au volant de son VUS, Carole, en vraie convertie, m'a prêché l'extermination de cet élevage. Marcel, lui, en psalmodiant des « c'est donc ben effrayant ! » s'est empressé de remplir de bœuf ses deux congélateurs…

Assommés par les prophètes de la science, culpabilisés par les apôtres du retour au bon vieux temps, engourdis par les charbonniers de la foi, anesthésiés par des politiciens aveugles ou des magnats cupides, nous nous rassurons sur l'avenir par l'achat d'un sac de toile enjolivé de belles pensées sur la nature.

Et, pendant que je recycle scrupuleusement mes pots de yogourt, revends mes bouteilles de vin, réutilise mes contenants de verre et composte les résidus de mon jardin, les maisons de publicité raffinent leurs campagnes pour me convaincre d'acheter une deuxième voiture et, sans aucune gêne, les grandes surfaces jettent chaque jour des quantités extravagantes de carton, de plastique et de styromousse.

J'ai le sentiment que tout se démaille. Même le Scotch ne dort plus l'hiver. Il se fige un peu à la tombée de la nuit et, la journée durant, il ne sait plus où donner de la cascade.

Léandre referme brusquement son cahier et écrase sa cigarette avec rage dans le cendrier. Les neiges d'antan et leurs joyeuses mémoires se sont estompées, laissant place à un malaise insidieux qui gruge Léandre de plus en plus.

14

Février. Déjà ! Curieux que je n'aie pas encore reçu de nouvelles de Josiane. Pas même un accusé de réception de mes courriels. Je sais que Jo ne se donne pas toujours la peine d'ouvrir les courriels qu'on lui adresse. Elle se plaint de trop de pourriels et de transferts à connotation ésotérique ou bondieusarde. Alors, elle fait glisser lentement le pointeur et supprime sans état d'âme ! Quand un correspondant en attente de réponse persiste à lui dire que le courriel a bien été envoyé et précise l'heure et la date de l'envoi, elle s'étonne, puis accuse — dans l'ordre ou le désordre — le mauvais service du serveur, l'âge de son ordinateur ou la suppression par accident... Il ne manque à la liste d'excuses qu'un hoquet de la souris.

J'ai aussi laissé deux messages sur son portable. Elle ne m'a pas rappelée. Elle est sans doute très prise, quelque part dans l'univers hermétique du *jet set*.

Une nuit de bruine a tourné au verglas à l'aube, vendredi dernier. Au sortir de chez moi, je suis tombée. Bêtement. Je me suis retrouvée étendue de tout mon long après m'être frappé la tête sur les briques du trottoir qui mène au stationnement. J'avais très mal. Mais pas assez pour me rendre à l'urgence et y attendre pendant des heures. Des analgésiques ont fait l'affaire. Je suis restée à la maison. Arrêt forcé de la course professionnelle. J'ai pu reprendre le travail lundi.

Je me sens toute drôle depuis l'incident. Cette chute m'a laissé, dirait-on, plus d'ecchymoses à l'âme qu'à la tête et aux épaules. J'ai, depuis, l'étrange impression de me distancer de moi-même. De voir le monde d'un promontoire. De l'observer d'en haut. Vraiment bizarre…

Certains jours, j'entends bourdonner constamment notre ruche télévisuelle. Les vaillantes petites abeilles volent, butinent et reviennent déposer leur miel dans les rayons selon le rite établi. D'autres jours, tout est silence et nous nageons dans notre cage de verre avec la béate insignifiance d'un ballet aquatique. Les regards sont fixes sous l'éclairage artificiel.

Le chef réalisateur se donne des airs de super stratège pour reconquérir la nouvelle réalisatrice qui a été sa maîtresse dans une lointaine jeunesse. Les jeux de boudoir d'autrefois se sont transformés en jeu de pouvoir bien actuel ! Elle se moque ouvertement de lui et lui, imbu de sa précieuse personne, ne s'en rend même pas compte. Le spectacle est navrant pour qui, comme moi, ne peut plus ranger sa lucidité sous le paillasson.

Notre animateur, ce cher Étienne, même amoureux d'une fringante poulette, n'a plus le feu sacré. Il vit de nostalgie. Sur l'autoroute où l'avaient propulsé, dans le temps, d'étonnantes entrevues, il glisse et perd le contrôle. On lui suggère à demi-mots de se reposer sur les lauriers de ses prix Gémeaux. À l'ère de l'information *sexy*, des émissions d'affaires publiques nappées de sauce spectacle, du despotisme de l'audiomètre, des émissions culturelles travesties en « *show* de *plugs* », il croit encore aux entrevues de plus de huit questions... À l'heure des débats éclair et des idées en noir et blanc, où s'affrontent bons et méchants, cow-boys et Indiens, il ose parler de discussions nuancées. *Out* Étienne! De nos jours, on n'a plus d'idées, on n'a plus que des opinions. On n'a plus d'arguments, on a des flashs.

L'animatrice, elle, a parfaitement saisi la donne. Ambitieuse, elle mord tous les jarrets qui empruntent son chemin. Elle se déploie à tout vent. Nous n'avons pas le temps de lire les journaux du matin qu'elle nous les résume et nous inonde de suggestions d'entrevues. Elle dicte aux chroniqueurs ce qu'ils devraient dire, prépare le minutage pour la scripte, impose l'emplacement des invités. À cause d'elle, la réunion de production s'est une fois de plus prolongée indûment. Elle échafaudait des plans minutieux pour qu'une tête d'affiche, maintenant impossible à joindre, vienne dire dans nos studios ce qu'elle répétait sur toutes les chaînes depuis quarante-huit heures. Notre tigresse a un enfant en bas âge, un conjoint en voyage... Mais rien ne l'arrête. Elle se lève aux aurores et se couche après avoir couru de La Nouvelle Scène au Centre national des Arts, question de déchiqueter mon rapport sur ce qui se joue en ville. Par contre, juste avant l'entrée en studio, la *super-woman* devient une fillette qu'il faut rassurer, puis ramasser à la petite cuillère après l'émission. Mélange de vanité, de sensibilité à fleur de peau et d'autocritique exacerbée... Épuisante!

Le directeur des programmes rencontre l'équipe. Il porte beau. Prétend beaucoup. L'homme fait flèche de tout bois pour allumer des étincelles de mots dont il est le seul à s'éblouir. En écoutant la litanie de lieux communs dont il essaime son discours, j'arrive à une évidence: il ne connaît rien des rouages du métier. Il n'a aucune idée de ce qu'il exige de nous. Sa prétention est un trou noir qui ne fait qu'accélérer la rotation de notre petite planète. Son monologue d'aujourd'hui s'est achevé par un savant raisonnement mathématique: écouter un CD, ça se fait en une heure max; assister à un concert, à un spectacle d'humour, à une soirée de danse, de chant ou à une pièce de théâtre, ça prend deux heures et demie; lire un roman, ça exige au moins quatre heures. Conclusion de notre administrateur épris d'efficience: multiplier les chroniques sur les disques, ralentir la couverture des spectacles et laisser tomber le plus souvent possible les chroniques littéraires.

À mon balcon imaginaire, je m'attarde. Et soudain, j'ai peur.

Je ne m'épargne pas dans cette ménagerie. Je me scrute à la loupe. Je me rends bien compte que je vis loin de ceux que je devrais pourtant côtoyer et bien connaître, puisque je m'adresse à eux. Mais je n'en ai pas le temps. Je respire dans une bulle. Je me déplace dans le tunnel condo-auto-studio-dodo. La machine télévisuelle m'aveugle de ses reflets factices. Je joue un scénario plat et répétitif. J'agite un miroir aux alouettes. Et la bonne bête humaine s'accommode des illusions que je lui procure.

Je suis une agente de la télé-irréalité. Je carbure à double dose d'adrénaline. Je m'exalte. Je fonce comme une gagnante. Une gagnante… ou une vraie folle! Simple question d'angle d'observation. L'équipe fonctionne, jour après jour, sur un mode de futile épouvante, sachant fort bien que, de toute manière, tout sera oublié le lendemain.

Depuis trente ans, dans ce milieu de chasseurs d'images, si j'ai rencontré des dopés de pouvoir, j'ai connu aussi des passionnés dont la lumière traverse le smog des egos dévorants. Mais pour s'attacher ces précieux rayons lasers… il faut avoir le temps. Et le temps manque… tout le temps.

Dieu merci, il me reste encore le sens de l'humour. Ça m'oxygène un peu l'esprit ! Ça dépanne. Ça décoince. Ça libère. Ça permet de survivre au ridicule qui, dit-on, ne tue pas. Et c'est bien dommage !

Je m'ennuie des rues du marché By où je n'ai plus le loisir de flâner, du temps passé autrefois à longer le canal, des soirées au cinéma. Je m'ennuie de moi quand j'avais le temps de regarder, de voir et d'aimer. Je m'ennuie des arbres que j'admirais avec Maxime. De nos pas, à la nuit tombée, sur les bords de l'Outaouais. De nos longues conversations et des heures volées pour être l'un avec l'autre.

Depuis cette chute malencontreuse, je vis avec l'étrange sensation de marcher à côté de mon corps, de courir après moi-même. Je suis une image qui n'arrive plus à se mettre au foyer. Je me lève épuisée. Que je dorme bien ou mal. Longtemps ou peu.

Pour l'instant, mon personnage fonctionne encore. Florence Santerre, recherchiste organisée et consciencieuse, me tire du lit, me traîne au bureau, m'ordonne de reprendre le collier et me fouette au besoin. Mais je sens mon énergie couler peu à peu hors de moi comme le sang d'un hémophile. Je me détache chaque matin un peu plus de mon enveloppe de vraie pro. Non seulement je n'ai ni la tête ni le cœur à mes tâches, je suis de moins en moins certaine de vouloir les y mettre.

Je me prends à rêver de plages désertes. J'en conserve l'odeur des algues et la sensation du sable sous les pieds.

De quoi survivre jusqu'au lendemain.

15

19 février

Je réponds ordinairement
à ceux qui me demandent raison de mes voyages
que je sais bien ce que je fuis
mais non pas ce que je cherche.
Michel de Montaigne

J'ai décidé de renouveler mon passeport, échu depuis trois ans. Je n'ai aucun voyage en vue, mais j'ai ressenti tout à coup l'intense besoin de savoir que je pourrais partir si je le voulais et que Villery n'était pas vraiment une prison. Dans quelques jours, je pourrai glisser dans ma poche cette garantie de liberté, cette permission d'aller voir ailleurs si j'y suis.

La file était longue au Bureau des passeports. On bouge beaucoup, de nos jours. Je ne suis pas certain, cependant, que l'on voyage autant qu'on le laisse croire. Prendre l'avion pour atterrir en hâte quelque part où tout est prévu, ce n'est pas voyager, c'est se déplacer d'un lieu à un autre, d'un monument à l'autre, d'une plage à une autre qui lui ressemble étrangement.

Bouger est devenu un mode de vie, une habitude, un tic. Pourquoi se contenter du lac Vert quand tous les amis se font brunir à Hawaii ? Pourquoi skier dans les Laurentides quand les collègues dévalent les pentes des Rocheuses ou des Alpes ? On s'envole, on survole. On dîne à Paris, on passe le week-end à Londres et, à la saison suivante, on s'offrira la Chine ou l'Australie. On visite les lieux « qu'il faut voir à tout prix », en gardant les yeux rivés sur l'écran du portable. Ou l'on attend des heures en file pour « faire » le musée d'Orsay ou celui de l'Ermitage, parcours obligé quand on se paie Paris ou Saint-Pétersbourg. Puis, lassé de grande culture, on rafle les souks, les marchés, les bazars avant de revenir rendre compte aux collègues : oui, on a mangé au restaurant qu'ils nous avaient recommandé ; on a logé à l'hôtel de la plage… avec son balcon donnant sur la piscine ; on a dépensé dans les boutiques dont ils nous avaient vanté les mérites. On achète un voyage comme une miche de pain, le dernier succès de librairie… ou un slip !

Léandre a beaucoup voyagé autrefois. Avec Gabrielle, il avait commencé par faire des voyages timides, car tous deux avaient la hantise de ne pas être compris là où l'on parlait des langues étrangères. Leur frilosité les avait donc fait voler d'abord vers Paris, puis Londres. Un peu rassurés, ils avaient, l'été suivant, osé Bruxelles et Bruges. Leur audace les avait menés un jour à Amsterdam, où déjà l'anglais flânait au fil des canaux. Graduellement, ils s'étaient extirpés d'une routine timorée qui se nourrissait de méfiance et se rassurait de similitude. Ils avaient appris à goûter le risque et l'imprévu.

Après la mort de Gabrielle, c'est seul que Léandre a poursuivi ses découvertes. Il s'évadait au début de juillet avec un laissez-passer de quarante jours valable pour toutes les gares d'Europe. On pouvait en ce temps-là trouver, pour pas cher, un petit hôtel dont le charme était de ne pas chercher à en avoir. L'exotisme nichait partout : dans la rue, aux w.c., chez le marchand de tabac et dans l'assiette des bistrots de quartier, des pubs, des *Gasthaus* ou des *trattorias*. Tout changeait d'un pays à l'autre. Sitôt la frontière franchie, tout devenait différent : la langue, le rythme de vie, le ton des voix, les gestes et les menus. Les particularismes montaient dans le train avec les douaniers. Un tout nouveau genre de vie bruissait déjà à la descente du train. Trains de nuit quand il voulait aller loin et réduire les notes d'hôtel. Trains de jour pour dévorer ce qui s'offrait gratuitement à la fenêtre du compartiment. Les villes n'avaient pas encore été maquillées pour cause d'industrie touristique, et se profilait à la vitre du wagon l'authenticité, dans sa beauté comme dans sa laideur.

Léandre passait allègrement des glaciers alpins au désert de La Mancha, de la grisaille de la mer du Nord au turquoise de la Méditerranée, et après avoir vu la tour de la cathédrale de Strasbourg déchirer le brouillard à la nuit naissante, il buvait, le lendemain, l'azur lumineux de Rome. Son regard glissait ainsi des vignobles des châteaux aux jardinets des maisonnettes de quartiers populaires, et il admirait tout autant la blancheur du linge sur les séchoirs que la crasse des siècles sur les monuments.

Pendant vingt ans, Léandre a voyagé ainsi. Durant deux mois. Toujours seul. Il quittait Villery avec plus de rêves que de dollars, plus d'espoirs que de bagages. Il marchait des heures durant, se perdant dans le dédale des ruelles pour courir la chance de découvrir, au détour d'une place, une fontaine sans nom, un parc sans visiteurs, une épicerie ou une librairie de quartier. Au-delà des guides de toutes couleurs, en dehors des cartes et des recommandations des comptoirs touristiques, il captait la vie qui grouillait, riait et souffrait dans les mains sales du quotidien. Il revenait de ces séjours avec plus d'expériences que de photos, plus de mémoire que de souvenirs.

Un jour, je me suis fait jardinier.

Je n'ai jamais compris pourquoi. Pour fuir l'omniprésence des touristes, leurs cars voyants, leurs appareils photo insistants, les files devant le moindre musée de village ? Par lassitude devant l'uniformité galopante ? Pour me protéger de chocs comme la vue des arches jaunes d'une chaîne de fast food *dans un quartier médiéval ? Peut-être.*

Au moment où la retraite me permettait de partir quand je le désirais, je me suis replié sur moi-même et j'ai fait de mon jardin le centre de l'univers. Sans regrets. Et soudain, il y a deux semaines, l'idée d'un passeport échu m'est devenue intenable. L'impression d'enfermement ne me quittait plus.

Je n'ai aucun désir de partir, mais dans quelques jours, j'aurai en main la possibilité de m'en aller. Le pouvoir de le faire. Je sais que je demeurerai ici à regarder ce livret marine avec son écusson d'or. J'y trouverai la photo d'un homme laid qui me ressemble trop, et je m'en trouverai malgré tout satisfait.

La liberté n'est peut-être au fond que le pouvoir de choisir sa prison…

16

Trois heures du matin. Je suis encore éveillée et je rumine de sombres pensées. Je revis mon chemin à rebours : la mort de papa Charles, la déchéance de papa Louis et la maladie de ma mère. Je pense aussi à la vie de tante Corinne après mon départ vers Montréal… Sous l'emprise de la culpabilité, je me répète que la solitude que l'on a soi-même vécue ne nous rend pas nécessairement sensible à celle des autres.

Ces années-là, tout à ma jeunesse et à mes amours avec Pierre, puis immergée dans la douleur de sa trahison, je négligeais complètement celle dont j'étais la raison de vivre. Elle ne s'en plaignait pas. Elle se contentait d'un « à bientôt, j'espère » à la fin de notre conversation téléphonique hebdomadaire. C'était tout. Corinne ne savait pas manipuler. Elle n'aurait jamais osé user de chantage émotif comme celui dont elle avait été victime de la part de Louis. Corinne n'était pas femme à se venger sur d'autres de ce qu'elle avait subi.

Et moi, je restais des mois sans aller la voir. Elle était si discrète qu'il m'était facile de l'oublier dans le tourbillon d'un travail exigeant et d'amitiés accaparantes.

Un samedi midi, sans prévenir, elle avait frappé à ma porte. Avec une dignité souriante, elle avait dit : « Puisque la montagne ne vient plus à moi, j'ai décidé de me rendre à la montagne. Si tu es libre, je t'offre à dîner. Sinon, j'irai magasiner. »

Après cette venue impromptue, je suis allée plus souvent à Ottawa. Ou j'invitais Corinne chez moi à Montréal. Elle arrivait en autobus le samedi après-midi. Nous passions la soirée au théâtre ou au cinéma. Le lendemain, elle se levait tôt et se glissait hors de l'appartement pour aller entendre la messe. Elle parlait de cette absence comme de sa « promenade dominicale ». Après le brunch, elle partait retrouver à Ottawa sa vie simple, un peu étroite.

Corinne habitait maintenant un immeuble d'appartements sur le chemin de Montréal, à Vanier, à quelques rues de la caisse populaire où elle gagnait sa vie. Elle se rendait à pied au travail. En toutes saisons. Par tous les temps. C'était son seul exercice, qu'elle décrivait comme « la prière du corps ». Après des années de bons et loyaux services comme caissière, elle avait pris du galon et était devenue conseillère en placements. Cette employée irréprochable, consciencieuse et affable avec les clients était hautement respectée de ses supérieurs. Mais les jeunes employés la craignaient : il est facile de croire impitoyable celle qui n'est pourtant exigeante qu'envers elle-même. Quand le laisser-aller devient la règle… toutes les suppositions sont permises pour éviter de se remettre en question.

Chaque mercredi, après le travail, Corinne s'offrait son moment de folie de la semaine : un café décaféiné et une brioche à la cannelle. Puis elle redevenait sage… Ses soirées se résumaient à préparer le souper et le sandwich du lendemain midi en regardant la télé. Ses fins de semaine étaient consacrées au ménage, à la lessive, au repassage. Une routine que j'ai souvent ridiculisée. Mais l'insomnie de cette nuit m'a fait prendre conscience que la vie de Corinne, que je jugeais si sévèrement à l'époque, ressemble comme une sœur à la mienne depuis le départ de Maxime.

Au début de la quarantaine, sous la torture morale que lui infligeait Louis, Corinne avait brusquement vieilli. Mais l'âge n'avait apparemment plus eu prise sur elle, ensuite : au bord de la soixantaine, elle gardait le visage lisse, le teint clair, la taille svelte. Corinne était un exemple de sobriété. Cela se reflétait dans ses gestes, son alimentation, la décoration de son appartement et son choix de vêtements. Elle vivait à l'orée de l'austérité. Sans relief. Sans couleurs. Entre le gris et le beige.

Mes tentatives d'allumer sa garde-robe ou les pièces de son appartement restaient sans écho. Le gris dominait toujours, dans le ciel ennuagé de sa vie. Corinne préférait l'ombre. Elle s'y réfugiait comme une amante dans les bras de l'amant. Et chaque fois que je la retrouvais à Vanier derrière les tentures refermées, je revoyais le clair-obscur du logement de mon enfance montréalaise avec son couloir aux portes closes pour « respecter le repos de la malade »… Un frisson me secouait et je m'empressais de nouer de plus près autour de mon cou l'écharpe qui savait me rassurer.

Et puis les événements se sont précipités.

Corinne se plaignait de fatigue, de maux de dos… Elle parlait de prendre sa retraite. Je l'y encourageais. Je lui avais même proposé d'entamer cette liberté nouvelle par un séjour à Paris avec moi. Elle avait refusé net, me demandant plutôt de l'amener à Québec revoir son neveu et sa nièce, mes demi-frère et sœur, que nous avions rencontrés pour la première fois aux funérailles de papa Charles, treize ans auparavant. Ce qui fut fait, et Corinne m'avait semblé pacifiée par ces retrouvailles.

C'est à cette époque que Vincent et Josiane ont décidé d'explorer d'autres horizons professionnels. Je suis restée seule de la « vieille *gang* » et j'ai eu quarante ans. La catastrophe ! Le sentiment de n'avoir rien accompli qui vaille. Vingt autres années m'avaient fuie à jamais. Je n'avais rien vu. Rien retenu.

De son côté, maintenant retraitée et livrée à elle-même le jour durant, Corinne devenait de plus en plus dépendante de moi. Elle me téléphonait chaque jour, assidûment… et ne me disait rien, ou presque. Croyant à un début de dépression, je l'ai poussée à aller voir son médecin. Mais Corinne savait être obstinée. Elle se garda bien de contacter la clinique. Quand je l'interrogeais, elle détournait mes questions ou me mentait. Je l'ai su plus tard. Trop tard.

Le nombre d'appels quotidiens allait en augmentant. Elle me joignait au bureau tôt le matin, à la maison le soir et sur mon nouveau portable entre temps. Je ne la reconnaissais plus.

Je la visitais maintenant toutes les fins de semaine. Et à l'heure de mon départ, je décelais l'angoisse dans ses yeux. Un dimanche, j'ai dû rester avec elle : elle pleurait tout en refusant de me révéler pourquoi. J'étais demeurée près d'elle jusqu'au petit matin.

De chargée, ma vie était devenue agitée. Je passais les semaines dans mes valises. Je n'avais plus conscience d'habiter chez moi. Il me fallait quitter Montréal. L'attente fut longue, mais on m'accorda finalement la mutation demandée. J'ai pu plier bagage, acheter un condo rue Richmond et me rapprocher ainsi de Corinne. Elle se sentait soulagée de me savoir à Ottawa et, par ailleurs, terriblement coupable d'avoir été la cause de ce changement dans ma vie.

Ayant plus de temps à lui consacrer, je lui offrais des promenades, je l'invitais au restaurant ou au cinéma. Elle refusait deux fois sur trois. Son territoire se rétrécissait.

Je l'ai finalement forcée à me suivre chez son médecin, car je la croyais sous les griffes d'une grave dépression. Elle subit toute la panoplie de la détection médicale. Le diagnostic fut bien différent de celui que j'avais prévu. Les maux de dos dont Corinne se plaignait avaient été les premiers symptômes de la maladie polykystique des reins. Si elle mentionnait de temps à autre des douleurs lombaires, elle ne m'avait jamais parlé des maux de tête qui l'affectaient. Sa pruderie lui avait interdit de mentionner les infections coutumières et la présence de sang dans ses urines. Ce fut le choc. Pour nous deux.

Étrangement, ce diagnostic fut la fin des tourments psychologiques de Corinne. Son angoisse fut vaincue et elle s'ouvrit à la sérénité. La fin imminente du parcours la soulageait. C'était moi que l'angoisse gagnait à présent. C'était moi qui tremblais. C'était moi que le départ prochain de Corinne anéantissait. J'allais encore être orpheline. Cette fois, pour de bon.

Cette nuit sans sommeil m'épuise... Mais je trouve encore assez d'énergie pour m'inquiéter du silence de Josiane qui, c'est évident, me boude. Pourquoi ? Je ne le sais. Elle a peut-être compris que nous ne parlons plus le même langage. Je pense amie, elle pense copine. Je cherche une confidente, elle veut une scénariste ; j'agis par loyauté, elle entretient des habitudes. Josiane comprend peut-être que notre amitié n'est plus qu'un musée où nous accrochons de beaux souvenirs de jeunesse... La vie nous a emportées sur des rives opposées. Et nous ne nous sommes aperçues de rien. Ou peut-être n'avons-nous pas voulu voir où le courant nous menait. Ces dernières années, nous nous sommes tenues au bastingage d'un voyage révolu, et ce que nous avons pris pour une mer agitée qui s'apaiserait n'était en fait qu'un bassin d'eaux troubles.

C'est peut-être à Vincent que je devrais parler. Après tout, c'était lui mon ami. C'était lui l'égal, le collègue de la première heure. Josiane était celle pour qui nous travaillions, la patronne dont nous nous amusions à souligner parfois les travers. Cette amitié avec Vincent était aussi… amoureuse. Vincent a sûrement, comme moi, gardé quelque tendresse pour ce qui fut. Bien sûr, nous ne nous voyons plus que rarement en tête-à-tête. Mais quand nos regards se croisent, dans le grand salon d'Oka, je vois poindre une affection qui contredit ses boutades ou le ton sentencieux dont il use parfois à mon égard.

Ma tête bourdonne. Les minutes s'effritent comme des miettes d'éternité. Je n'arrive toujours pas à fermer l'œil.

Soudain, en moi, l'adrénaline gicle comme le sang d'une artère tranchée. Entre les murs bien insonorisés de mon condo d'où personne ne peut m'entendre appeler au secours, je sens que je vais mourir. Je suis inondée de sueurs. Mes mains s'agitent comme les ailes d'un oiseau traqué. J'étouffe.

Halètements. Palpitations. Douleurs à l'estomac jusqu'à la nausée. Les murs bougent. Je suis prisonnière. La chambre s'arrondit. Elle va m'écraser, m'annihiler. Mon corps est pris d'épouvante et, affolée, je prends conscience que je n'y peux rien. Absolument rien.

Je suis seule.

Une voix injecte en moi son poison : « Avoue que tu n'aimes plus ton travail. Que tu n'es plus dans la course. Avoue que tu n'as plus la stature. On te tolère, c'est tout. Tu es dépassée, Florence. »

C'est Vincent qui parle. Josiane, elle, hausse les épaules, avant de me tourner le dos et de s'éloigner. Je crie, mais mon angoisse n'a plus de voix. Ma voix, plus de cri. Des tentacules invisibles m'agrippent…

Tout à coup, le soleil éclate aux fenêtres de l'édifice voisin. Ma chambre est incendiée. Je suis revenue à moi. Vidée. À bout d'énergie. Une autre crise de panique. La troisième en un mois.

La plus troublante.

17

9 mars
L'homme descend…
de la solitude
Pierre Raphaël Pelletier

Depuis le début du mois, tout nous est tombé sur la tête; une sorte de sprint final de l'hiver avant que n'éclatent la sève et la chaleur: neige, froid, pluie, verglas, grésil, plus de neige encore, chutes troublantes de température et encore du verglas pour que reluise la plus récente neige. De quoi laquer le canard blanc!

Mais il fallait faire mieux encore: les dernières heures ont amené cinquante nouveaux centimètres de blancheur!

J'ai tracé, depuis ma porte, un étroit corridor dans le banc de neige! Il a la largeur de ma pelle, pas plus. Ses murs m'arrivent aux épaules. Au bout? Une rue impraticable… J'ai peiné pendant des heures à sculpter une voie qui ne conduit nulle part: on dirait ma vie…

Deux jours d'affilée sans promenade, pour la troisième fois en un mois. Cela ne m'est pas arrivé depuis des décennies… En fait, depuis la mort de Gabrielle…

Sans broncher ni oreilles ni moustaches, mes chats m'observaient des fenêtres de la maison. Ils semblent devenus indifférents à la lumière bleutée de cet hiver qui n'en finit pas de creuser l'isolement des uns et de marquer la solitude des autres.

Quand je suis rentré, mes trois poilus sont venus vers moi sentir les odeurs mystérieuses qui s'accrochaient à mon pardessus. Ils ne m'ont pas quitté d'une patte tout le temps que j'ai siroté un cognac. Tit'Queue s'est rapidement installé sur le dossier du fauteuil pour ronronner dans mon cou ; Mademoiselle ne cessait de s'étirer à mes pieds avec la précision d'une gymnaste s'échauffant avant la compétition, pendant que Gribouille, jeune et espiègle, bondissait de la table à l'étagère avant d'exécuter une savante culbute et d'atterrir sur le bras du fauteuil. Des poils folâtres flottaient au-dessus de moi. J'ai même trouvé un poil blanc sur le liquide ambré de mon ballon.

Je partage ma vie avec trois félins aussi affectueux qu'indépendants, de qui j'apprends chaque jour à mieux vivre. J'ai compris, il y a quelque temps, que la sagesse est féline. Le chat n'affronte pas, il s'adapte. Il ne s'use pas à détruire l'obstacle, il l'évite, le contourne et pousse parfois l'arrogance jusqu'à se lover autour de lui, pour le faire sien, se l'approprier. Éternel jouisseur, il recherche le confort, la chaleur, la lumière et les caresses. À observer mes poilus, j'ai appris à faire de l'instant un moment de volupté. Au moindre pinceau de soleil qui se faufile par une fente des tentures, je les vois qui s'alignent pour en savourer la douceur. Le rayon se déplace ? Encore ensommeillés, ils le suivent en s'étirant.

Je m'accommode de cette solitude domestiquée qui n'a rien d'un isolement. Isolement et solitude : deux mondes, deux tournures d'esprit, deux origines. J'aime ma solitude. Elle vient de moi. Elle est née de mon désir. Je la savoure comme un vice secret. Rien à voir avec l'isolement imposé par les autres. La solitude ressource, l'isolement tarit. On se forge patiemment, amoureusement une solitude alors que, devant l'impératif de l'isolement, on ne peut que s'incliner.

Avec sa prison de neige, ses routes impraticables et ses trottoirs en patinoire, l'hiver m'a isolé et me tient en laisse dans un univers rapetissé aux dimensions d'une niche.

Cet isolement me fait revivre celui auquel les habitants de Villery m'avaient réduit après la mort de Gabrielle. Et je ne suis pas prêt à oublier leur mesquine lâcheté.

18

C'est décidé. Accepté. Annoncé. Je quitte mon emploi à la fin de la présente saison télévisuelle. Congé d'un an.

Dans les officines supérieures, le départ temporaire d'une employée de trente ans de service a été fort bien accueilli. Célébré même. Poliment. Derrière les visages affligés qui s'imposaient. À l'ère de l'éphémère, les pigistes sont rois, et il est bon de faire place nette pour les intégrer et bien presser le citron, au nom de l'expérience à acquérir.

J'ai eu droit à diverses réactions de la part des membres de l'équipe. L'animatrice m'évite depuis l'annonce de mon départ. Elle a reçu ma décision comme une gifle: la contrôleuse aurait voulu savoir avant les autres. Pour me conseiller, m'appuyer ou tenter de me faire changer d'idée. La petite fille en elle s'est probablement sentie rejetée, abandonnée. D'autant plus qu'elle est persuadée que l'animateur, lui, était au courant.

Ce cher Étienne m'a invitée à dîner en tête-à-tête. Dès l'apéro, il m'a vanté les vertus du dépaysement et, en bon vulgarisateur qu'il est, il m'a référée à l'étymologie du mot.

— Il te faut, Florence, sortir du pays. Te régénérer. Te donner le temps de vivre autre chose, ailleurs.

Je n'ai pas eu le loisir de lui dire que j'avais besoin de temps pour faire des plans, qu'il entrait dans la seconde phase de son argumentation.

Ses amours avec ma jeune collègue Régine ont résisté à l'hiver et à la cohabitation professionnelle.

— Je n'ai pas encore trouvé « mon » prix pour l'achat d'un condo et Régine implore plus de temps de qualité avec moi.

« *I bet!* » ai-je pensé malicieusement.

L'animateur n'arrive pas à trouver le port d'attache urbain dont il m'avait parlé la veille du Nouvel An.

— Régine vit avec une copine et…

— Le temps de qualité coûte cher à l'hôtel ?

— Florence, ne sois pas si…

— Vulgaire ?

— Disons… terre à terre !

Le garçon arrivait avec les entrées. L'animateur s'est tu jusqu'à ce que nous soyons de nouveau seuls.

— Tu vois, Florence, le dilemme dans lequel je patauge ?

« Pauvres amants sans feu ni lieu », pensai-je en me gardant bien de sourire.

— Le temps presse, tu comprends ?

« C'est vrai, les jours doivent compter à son âge. »

Avant que ne soit servi le mets principal, mon cher animateur sortait les gros canons :

— Je voudrais t'aider financièrement, Florence. Je veux que les prochains mois soient des vacances mémorables pour toi… Et pour ça… il te faut des sous. J'en suis pleinement conscient.

Le chat commençait à miauler fort dans le sac : il allait bientôt s'en échapper.

— Je louerais volontiers ton condo. Au prix du marché.

J'ai refusé net. Puis, au dessert, je lui ai promis de réfléchir.

Depuis l'annonce de mon congé, les camarades s'acharnent à avoir pour moi des idées d'emploi efficace de l'année qui se profile! En catimini, avec un zèle de prosélyte, on m'inonde de publicités d'agence de voyages et l'on met tout en branle pour me gagner à la religion des départs. Je suis devenue l'écran sur lequel chacun, chacune projette ses rêves!

En moins d'une quinzaine, j'ai reçu — ô! merveille du réseau Internet par lequel les copines livrent votre adresse aux connaissances des amis de leurs amies — une trentaine d'offres de location d'appartement. Des «in-con-tour-nables», des «prix d'ami» à Paris, à Lucerne, au Portugal, en République dominicaine, au Costa Rica, au Yucatan, à San Francisco, à l'Île du Cap-Breton, à la baie Géorgienne et à l'Isle-aux-Grues. L'embarras du choix! Mais surtout… l'embarras tout court.

Je ne veux ni blesser ni paraître ingrate devant ce déploiement de gentillesse. Alors je souris, et le merci poli que je murmure déclenche un nouveau geyser de suggestions. De quoi me donner le goût de m'enfermer pendant douze mois, à double tour, dans mon condo de la rue Richmond, à Ottawa.

Sauf que… la file de voitures le matin, sur la promenade des Outaouais, se fait de plus en plus longue et lente, que la foule des centres commerciaux tout près est de plus en plus bruyante et sauvage, que le beau temps ramènera certainement les gangs de jeunes et leurs cris dans les boisés voisins. Mon condo n'est plus le refuge ouaté d'il y a treize ans, quand je l'ai acheté. L'offre de l'animateur me tente un peu plus chaque jour.

Partir. À ce mot se greffent des ailes, des voilures, des montagnes, du sable fin, des galets. Une croisière ? Dans les îles grecques ou en Afrique du Nord ? L'Alaska, la Baltique ou l'Antarctique ? Je ne sais plus. J'ai le vertige.

Un jour, j'avais sept ou huit ans, en août je crois, Corinne après m'avoir acheté des vêtements pour l'école, avait décidé de me faire un cadeau : en me désignant les modèles à ma taille, elle m'avait dit de choisir la robe qui me plairait. Je passais et repassais chaque robe en poussant et repoussant un à un les cintres. J'examinais tous les détails, j'hésitais, je revenais en arrière. Le temps passait. Corinne s'impatientait. Je voulais choisir, mais j'en étais incapable pour cause de choix multiples. C'est ainsi que je me sens maintenant.

L'animateur est revenu à la charge. Nous nous sommes rencontrés chez moi cette fois. Discussions. Offres alléchantes. Suppliques. Il est venu, j'ai calculé, j'ai été convaincue. Il l'aura, mon condo. Un an. À bon prix… pour moi.

Il ne me reste plus qu'à me loger. J'ai grand besoin de me retrouver pendant quelques mois pour décider du reste de ma vie. Rien que ça !

Ce matin, dans le journal, mon regard a été attiré par une petite annonce discrète qui s'est mise soudain à briller au milieu d'une colonne de texte serré : à Villery Station, le Café Villery était à louer. À un prix ridicule. Je me suis souvenue de la quiétude qui m'avait habitée dans cette maison…

Le temps d'échanger les adresses courriel personnelles, de recevoir des dizaines de promesses de visite au cours de l'été, j'ai vidé mon bureau…

Les pièces du puzzle étaient tombées en place.

Un *booking* parfait.

19

— Viens tut'suite, mon Léandre.

— Qu'est-ce qui presse tant ?

Léandre n'avait pas encore refermé la porte que Marcel lui confiait :

— J'sus allé aux *gossips* de bonne heure, parce que j'ai vu des affaires hier…

— Je croyais que c'était la rumeur qui venait au dépanneur. Chacun sait qu'on ne trouve pas que du lait et du pain, ici…

Marcel haussa les épaules et tendit à Léandre une tasse remplie de café. Comme si on risquait de l'entendre de la rue, il s'inclina au-dessus du comptoir et chuchota :

— J'en ai appris toute une… D'la grosse nouvelle.

— De qui, grand Dieu, de qui… ?

— Mario.

— J'aurais dû y penser. Quand le qu'en-dira-t-on ne vole pas jusqu'au dépanneur, c'est qu'il s'est arrêté à la station-service… Il ne nous manque à Villery qu'un salon de coiffure pour donner du « frisant » à la rumeur publique.

— Arrête-toé donc, Léandre. J'te connais. Au fond, Tu t'meurs d'envie de savoir. Tu l'dis tout le temps : l'important c'est de savoir…

— Je parle du Savoir, Marcel. Avec une majuscule.

Marcel étira le bras pour rejoindre l'étagère, saisit le paquet de cigarettes « légères » que Léandre achetait rituellement chaque matin et le fit glisser jusqu'à lui.

— De quoi désires-tu tant m'entretenir ?

— Tiens, ça t'intéresse, asteure, mes *gossips* ?

La veille, Marcel avait vu Florence Santerre arriver au Café, suivie de Mario. Le garagiste lui avait confié que la « dame de la *tivi* » avait visité minutieusement la maison et qu'après les questions d'usage, elle avait signé un bail d'un an. Information de première main.

En entendant cette nouvelle, Léandre resta dubitatif.

— Toé-si, tu te demandes ce qu'a veut, ce qu'a cherche icitte, hein ? Moé… moé… mon Léandre, j'ai ma p'tite idée…

Léandre déposa sa tasse sur le comptoir et s'alluma une cigarette :

— Ton idée, Marcel, tu la partages ou tu la savoures tout seul comme l'une de tes pastilles à la menthe ?

— Qu'est-ce que t'as contre mes « paparmanes », Léandre Arcand ?

Puis Marcel se pencha au-dessus du comptoir une seconde fois, comme si des micros avaient été camouflés entre les boîtes de conserve…

— J'peux pas « faire sûr », là, mais j'pense que c'est pour une émission de téléréalité. Y z'ont faitte une affaire de même au canal anglais : tout le village a été filmé pendant des semaines.

Léandre éclata de rire :

— Qu'est-ce qu'une équipe de télévision voudrait bien vouloir filmer à Villery ? Tu rêves, Marcel !

— Peut-être qu'y vont faire venir une vedette de Montréal et qui vont nous faire préparer un *show* pour la faire brailler d'émotions. Ça c'est au canal français que j'ai vu ça. Sont venus pas loin d'icitte déjà...

— Nous ne sommes même pas assez de gens valides pour faire une garde d'honneur à ta vedette...

— Ben d'abord, qu'est-ce qu'a veut, elle ?

5 mai

Si on savait ce qu'on risque de découvrir
sur les autres, on rebrousserait chemin.
Stefan Psenak

Marcel était encore tout excité en me racontant les événements d'hier... Car la moindre dérogation à la routine villageoise passe pour un événement à Villery.

Il paraît que pendant que je jardinais à l'abri des regards et des rumeurs, un camion de location s'est garé devant la maison de Pierre-Yves et y est demeuré jusqu'à 6 heures du soir. Simon avait été engagé pour aider à décharger, à la recommandation de Mario qui était là lui aussi. C'est la « dame de la tivi *» qui conduisait le véhicule. Marcel n'en revenait toujours pas quinze heures plus tard !*

Il m'a décrit, avec force détails parfois, les meubles sortis du camion : l'ensemble de chambre à coucher, la table, les lampes, les étagères, les fauteuils. Et même les trois guéridons ! Bien comptés. Il a dû se servir de lunettes d'approche et épier tout l'après-midi des fenêtres de son salon. Et quelle découverte troublante il a faite, le cher Marcel : alors qu'il s'attendait, je ne sais trop pourquoi, à ne voir décharger que des meubles modernes, il avait constaté que « c'était toutte du vieux ».

À sa visite chez Mario avant 7 heures ce matin, Marcel a aussi appris que la « dame de la tivi *» n'avait pas retenu les services de Simon pour le ménage qui s'impose dans* *la maison de Pierre-Yves. Elle fera le travail elle-même, paraît-il. Marcel en a conclu à sa manière nuancée : « Ou ben a nous snobe... ou ben est moins riche qu'a l'air. Ou ben est carrément* cheap. »

À bout de salive, Marcel s'est tu. Nous avions tous deux terminé notre café. Marcel m'a offert une seconde tasse que j'ai refusée. J'ai pris mes journaux et mon paquet de cigarettes. « Qui vivra verra », ai-je laissé tomber en faisant sonner la monnaie sur le comptoir. Puis, je l'ai remercié pour le café. Perdu dans ses hypothèses, il ne m'a pas répondu.

Notre train-train du matin allait prendre fin. Je m'apprêtais à ouvrir la porte quand Marcel m'arrêta. Sur le ton péremptoire de qui vient de recevoir une révélation, il trancha : « Est venue rouvrir le restaurant... »

20

Mai fleurit sur Villery. Par les fenêtres ouvertes, j'entends gronder le ruisseau qui cavalcade comme un dément. Les pluies abondantes de la semaine l'ont gonflé à bloc. Un vent chaud porte jusqu'à moi l'odeur un peu âcre des champs éventrés.

Je découvre la vie à Villery: un entrelacement de routines. Une mécanique qui se met en branle tôt le matin et ne consume sa danse qu'en soirée. Une horloge fascinante où les personnages évoluent sur leurs rails, sortant, saluant et rentrant comme le jaquemart d'une horloge monumentale.

Mario annonce le jour. À 6 heures, il arrive avec sa jeep au garage. Il déverrouille le bureau et je le perds de vue une quinzaine de minutes. Jamais plus. Il sort ensuite fumer une cigarette en marchant au bord de la route. Puis, une camionnette ou une voiture se glisse le long des pompes et Mario commence sa journée qui durera jusqu'à 21 heures. Pile.

À 6 h 50, Marcel Cléroux paraît sous la colonnade de sa vaste demeure de brique rose. Je le vois sans regarder. Sa maison fait face à la mienne. Seul le Scotch nous sépare. Le Scotch... Quel nom pour un ruisseau: je crains de ne pouvoir jamais m'y faire ! Marcel utilise sa grosse voiture pour franchir le kilomètre et demi qui sépare sa maison de son dépanneur. Après avoir reculé dans la rue Lemieux, il fait avancer lentement son véhicule, longe les pompes de la station-service, klaxonne pour saluer Mario et s'engage à gauche sur le ponceau, avant de tourner de nouveau, de passer devant chez moi, et de suivre la rue Notre-Dame jusqu'à son travail. Tout cela à la vitesse d'une tortue… qui chercherait son chemin.

Puis la route s'anime. L'heure de pointe à Villery Station consiste en une effervescence d'environ trente minutes. Après le passage des autobus scolaires, les voitures se font de plus en plus rares. Et tout retombe dans le silence.

Pierrette Cléroux sonne le troisième quart de la huitième heure. Elle trottine vers son auto, démarre en trombe et vole presque jusqu'à la résidence de soins de longue durée qu'elle administre, rue Bourget de biais avec le dépanneur.

À 10 heures, c'est au tour de « Monsieur le Professeur », comme dit Mario. Chemise d'un blanc éclatant, pantalon noir toujours bien pressé, veston et canotier. On croirait l'animation d'un tableau impressionniste. Léandre Arcand passe devant chez moi, soulève son chapeau s'il lui advient de me voir et continue son chemin d'un pas alerte et déterminé. Parfois, de ma cuisine, je l'aperçois qui se recueille au bout de la rangée la plus éloignée du cimetière. Son passage sonne pour moi l'heure de la pause.

Oui, je m'oblige à m'arrêter. Moi, l'habituée des horaires surchargés, j'apprends à prendre rendez-vous avec moi-même. J'ai dû me donner des ordres et m'intimider suffisamment pour accepter de m'obéir. C'est qu'on n'arrête pas soudainement de bouger. On n'y arrive d'ailleurs pas au début, même si on le veut. Le corps nous impose ses habitudes longtemps après que la volonté eut décidé d'un changement. Je suis donc en sevrage.

La mécanique rituelle reprend à 15 h 25, avec le retour des autobus scolaires. À 15 h 30, la voiture de Pierrette Cléroux fait vibrer l'air de ses vroum-vroum en passant devant chez moi. À 15 h 45, Simon Laframboise passe à vélo pour aller prendre la relève de Marcel au dépanneur. Barbe noire, cheveux d'ébène retenus sur la nuque par une attache de cuir, toujours habillé de kaki, il pédale nonchalamment de ses longues jambes maigres. Quoi qu'il fasse — déménager des meubles ou servir derrière le comptoir du dépanneur — Simon ne fait qu'effleurer l'espace. Il donne l'impression de respirer en dilettante…

À 16 h 10, je vois Marcel passer dans sa grosse bagnole. Il s'arrête à la station-service. Mario et lui fument une cigarette devant la porte du bureau. Puis, Marcel rentre sagement chez lui. Le jour devient crépuscule au passage fatigué de Simon après trois heures de travail. Et, entre chien et loup, Mario longe la rue Lemieux dans sa jeep pour rentrer chez lui rue Fournier.

Je n'ai plus qu'à monter à ma chambre… vérifier à mon ordinateur ma cote d'amitié. L'absence de courriels m'indique qu'elle est au plus bas. Je lis un peu, puis je m'abandonne finalement aux bras de Morphée.

Depuis plus d'une semaine, la journée durant, je nettoie, frotte, récure, repeins et redonne vie à ces murs attristés de rupture. Il y en avait, de l'ouvrage à abattre, pour faire en sorte que cette maison devienne un chez-moi. Même temporaire. J'ai les muscles endoloris. Les ongles, cassés. La repousse des cheveux, indécente. Je vis sans maquillage. Je m'habille de vieux T-shirts et de jeans délavés. On ne me reconnaîtrait plus rue Queen à Ottawa !

Je m'active, certes, mais je ne m'agite plus.

J'ai d'abord aménagé l'étage. J'ai repris l'ensemble de chambre de Corinne qui dormait en entrepôt depuis huit ans. Ses meubles sobres conviennent parfaitement à mon état d'esprit présent. Ils ont une âme. Comme d'ailleurs cette maison étroite, sans prétention. J'ai apporté mes tableaux préférés, ceux que j'habite. J'ai monté une étagère pour les livres et une table pour mon ordi.

Mon dépouillement n'est pas parfait, toutefois. Je n'ai pas su renoncer aux bijoux signés et aux vêtements griffés qui bouffaient mes payes, emplissaient mes tiroirs et gonflent encore ici l'armoire et la garde-robe. Je ferai un tri. Un jour. Un jour qui n'est pas aujourd'hui.

J'ai presque fini de transformer le restaurant en vivoir et en dînette. Les tables et les chaises de métal ont trouvé refuge à la cave et j'ai rafraîchi les murs du rez-de-chaussée d'une couleur paille qui rend cette pièce, trop ouverte à mon goût, un peu plus chaleureuse. Je ne suis pas une adepte des *lofts*, moi. J'aime les pièces closes, les coins feutrés, les éclairages tamisés qui dévoilent lentement les objets qu'on leur livre. Cette cuisine ouverte avec son réfrigérateur immense et sa cuisinière costaude me désoriente un peu.

Les fauteuils de Corinne restent bien solides, mais le tissu en est abîmé. Mario m'a indiqué un magasin à Hawkesbury où je pourrais semble-t-il trouver des housses à bon prix. Ça suffira pour un an. En fait, il ne me reste plus qu'à ajouter des rideaux aux fenêtres du rez-de-chaussée… Et je serai chez moi.

J'oserai ensuite penser voyages. Pas de projet pour cet été. Je songe à aller quelque part en Europe, mais à l'automne quand j'aurai eu le temps de décanter et que le tsunami touristique aura fini de déferler là-bas.

Entre temps, le travail physique me met l'âme en paix. Terminées les journées affolantes de la recherchiste. Finies les angoisses ravageuses de nuits. Évanouie cette impression d'être scindée, dédoublée, de devoir me touer jusqu'au bureau pour m'y agiter dans une cage de verre.

Au lendemain de mon arrivée à Villery, je suis subitement redevenue complète.

21

L'image que m'a renvoyée mon miroir ce matin était celle d'une étrangère. Cette femme aux traits tirés, aux pattes d'oie qui s'imposent, aux cheveux trop courts, d'un blond presque blanc, est-ce moi ?

Je voulais changer de tête. C'est fait. Mais pas pour autant réussi ! La coiffeuse m'a fait une coupe radicale. Je sais maintenant que le mot « court » peut indiquer des longueurs fort variables pour les uns et les autres. Mon « court » à moi… n'était pas « ras ». Quant à la couleur, je l'avoue, ce choix-là est totalement le mien. Il y a quelques jours, en découvrant le gris d'une généreuse repousse, j'ai pensé qu'il était mieux de devancer la nature que de la subir. Ce nouveau moi me laisse pantoise. Je devrai m'y faire. C'est déjà l'avenir.

Je me suis habillée d'une blouse claire et d'un pantalon marine. Ma seule fantaisie : de longs pendants d'oreilles. Des exclusivités. On ne peut pas chasser tout le naturel d'un coup !

J'ai allumé la radio. La réception est mauvaise. J'ai l'impression d'être au bout du monde. J'en suis fort aise.

Il y avait des mois que je n'avais pas cuisiné. Je mangeais sur le pouce. Souvent très peu. Toujours très mal. Ces derniers jours, j'ai senti le besoin de humer enfin les arômes d'un plat qui cuit à feu lent. Aujourd'hui, je joue les chefs. J'ai paré et saisi les cubes de veau, épluché les petits oignons, lavé les champignons, ajouté un bouquet garni, arrosé le tout d'une bouteille de vin blanc… Ça frémit, ça mijote. Ça me ravit l'odorat. Ça donne du goût à l'attente.

Après avoir repassé minutieusement les rideaux du rez-de-chaussée, j'ai commencé à les installer. La sonnerie du téléphone a interrompu mon travail.

— Fais-tu du *take-out* ? m'a demandé Mario au bout du fil.

— Quoi ?

Il n'a pas pris le temps de se faire un *lunch* ce matin et il demande si je ne lui préparerais pas un sandwich, comme le faisait Pierre-Yves. Avant.

Quoique surprise, j'accepte sans hésiter. Il m'a tellement rendu service, Mario. Je lui en dois quelques-unes. Une connivence est née entre nous qui vaut bien plus qu'un sandwich !

— Je passe chercher ça dans une heure, O. K. ?

Une fois n'est pas coutume.

Une demi-heure n'est pas encore écoulée que des coups impatients résonnent à la porte de la maison. Ce n'est pas Mario comme je le croyais, mais une femme : milieu de la trentaine, des cheveux bouclés d'un roux éblouissant, une blouse à carreaux, des jeans boudinés, des gestes brusques. Le temps de sortir de ma cuisine, elle est déjà au milieu du salon et examine mes tables gigognes et mes tableaux d'un regard approbateur.

Bien qu'étonnée de cette intrusion, je la salue poliment et m'informe de ce qu'elle cherche.

— Ça sent bon ! se contente de répondre la nouvelle venue, d'une voix rauque.

— C'est ma blanquette de veau. Que puis-je…

Elle m'interrompt :

— C'est pas le genre d'affaires que tu vas servir à ma *gang*, hein ?

J'ai dû grimacer mon incompréhension car elle ajoute, comme si cela allait de soi :

— Ben, y vont arriver samedi.

— Qui ?

— Mes employés d'été.

Mon étonnement redouble. Elle se présente :

— Julie Bouvier. Je reste à un kilomètre après le garage à Mario.

— Après la pépinière ?

— Pas après… À la pépinière.

Julie est la patronne du haut lieu de l'horticulture de la région. La seule entreprise en essor dans le coin, selon Mario. Elle m'explique que, dans quelques jours, les étudiants d'université qu'elle emploie durant l'été entameront leur saison et que ces dernières années, elle avait pris un arrangement avec Pierre-Yves : ceux qu'elle embauchait prenaient leur dîner au Café Villery.

— Je te conseille de faire des provisions de saucisses bien grasses, de pain « au mastic » pis de moutarde sucrée.

Julie Bouvier croit que j'ai repris le restaurant… Je tente de lui faire part de son erreur :

— Madame Bouvier, je crois qu'il y a malentendu.

J'invite Julie à s'asseoir à la table de Corinne, devant la porte-fenêtre donnant sur la cour. Je la sens mal à l'aise. En rougissant, elle accepte le café que je lui offre.

Avec toute la délicatesse possible, je lui fais savoir que je n'ai jamais eu l'intention de rouvrir le Café Villery.

— Mais l'écriteau est toujours là.

— Je n'ai pas cru bon de l'enlever : j'ai loué pour une année seulement. Pierre-Yves pourrait revenir… Qui sait ?

Julie s'excuse. Je sens son désarroi : elle était si rassurée de voir la maison reprendre vie.

— J'aurais donc dû venir avant, aussi.

— Je suis navrée.

Mais Julie Bouvier ne semble pas du genre à classer un refus parmi les réponses possibles. Elle insiste en y mettant toute l'émotion qu'il faut pour m'atteindre :

— Ma *gang* arrive dans trois jours. Faut que tu me dépannes. Fais rien de compliqué. Juste de quoi leur remplir l'estomac. Le repas fait partie de leur salaire. C'est moi qui paye. Ton prix sera le mien.

— Je suis venue ici pour me reposer.

Julie revient à la charge :

— Tu comprends, ces jeunes-là, ils travaillent à partir de 7 heures du matin. À midi, ils dévorent. Ils ont besoin d'un repas chaud. J'ai pas de place pour ça à la pépinière. J'ai même pas de chaises.

— Des tables et des chaises, je peux vous en prêter… Il y en a plein la cave.

— J'ai pas plus de temps que de chaises et de tables.

— Écoutez, madame Bouvier.

— Appelle-moi Julie, ça sera moins gênant !

Je réponds par un sourire à l'invitation au tutoiement. Julie m'apparaît déboussolée par la tournure des événements. Elle revient à la charge et monte même les enchères. Je sens le piège se resserrer. Depuis le mois dernier, tout le monde semble vouloir déverser son argent sur moi. Après l'animateur pour la location de mon condo, c'est le tour de l'horticultrice pour la location de mes services. Elle a dû sentir que je m'attendrissais, car elle organise déjà mon horaire :

— Je leur passe un camion de la compagnie. Un groupe de cinq vient à 11 h 30 et les quatre autres les remplacent vers 12 h 15.

Préparer neuf repas, six jours par semaine jusqu'à la fête du Travail. Si j'accepte, je deviens prisonnière à Villery. C'est vrai que ce n'est pas toute la journée. On parle en fait de deux heures par jour. Tout au plus. Je ne voulais pas voyager cet été de toute manière… Et puis, cette Julie ne m'est pas antipathique…

Elle s'est levée et a jeté un regard sévère sur la cour :

— Ça manque de couleurs !

— Je sais. Mais je n'ai aucune expérience en jardinage. Je sais à peine distinguer une pensée d'une marguerite !

— J'arrive aux serres de bonne heure le matin. Viens et tu choisiras ce que tu voudras. Cadeau de la maison.

— Je n'ai jamais planté une fleur.

— Je m'en charge. Un service en attire un autre.

22

13 mai

La bêtise est une mer de sables mouvants,
fol est qui croit pouvoir la traverser.
Charles Dantzig

Je me croyais bien à l'abri dans mon armure de dignité ! Mais jamais un habitant de Villery n'a eu aussi honte que moi aujourd'hui.

Quand je suis passé devant le Café Villery, ce matin, mademoiselle Santerre posait des rideaux à ses fenêtres du rez-de-chaussée. Je l'ai saluée. Elle m'a répondu d'un large sourire et elle est disparue au fond de sa maison.

Quelques pas plus loin, j'ai aperçu Julie Bouvier qui se garait. Nous ne nous étions pas vus depuis plusieurs semaines et nous avons pris le temps de converser amicalement. Elle m'a vanté l'arrivage de la saison, entre autres des échinacées vert lime et des clématites mauves au cœur vert. Des nouveautés. J'ai promis de me rendre à la pépinière demain. Elle semblait fort joyeuse et m'a expliqué qu'elle allait parler à la nouvelle résidente de Villery à propos des repas de ses employés. Nous nous sommes réjouis tous deux de la réouverture du restaurant.

Julie s'est dirigée vers le Café et j'ai continué mon chemin.

Une heure plus tard, ma promenade terminée, l'idée de me rendre au Café m'a effleuré et j'ai succombé à cette tentation dictée par la curiosité. Des odeurs de thym et de muscade emplissaient le restaurant. Au milieu de la pièce, six tables étaient rassemblées pour en former une grande et une demi-douzaine de chaises l'entouraient. J'ai admiré de près quatre tableaux — des originaux — suspendus sur le mur du fond et une sculpture placée sur une petite table entre les fenêtres de la façade. Deux lampes sur pied aux abat-jour sombres agrémentaient la pièce qui, devenue plus claire, avait gagné du cachet.

Florence quittait la cuisine pour monter à l'étage quand elle aperçut Léandre. Elle échappa un cri. Léandre s'empressa de s'excuser et alla vers elle en lui tendant la main :

— Léandre Arcand. Nous nous étions croisés chez Marcel Cléroux, au dépanneur, l'automne dernier.

— Je m'en souviens.

— Que d'arômes, ici.

— Une blanquette.

Sur ces entrefaites, Mario arriva.

— Ça fait une heure que j'essaye de m'échapper ! C'est toujours pareil. Faut que je décide de quitter le garage pour que les clients arrivent.

Florence se rendit au frigo et en revint avec un sac transparent. Mario, qui n'avait pas un seul instant cessé de regarder la station-service, prit vivement ce qu'elle lui tendait :

— On va s'arranger plus tard, O. K., Florence ?

Il s'empressa de retourner au travail après avoir lancé un retentissant « bonjour, Monsieur le Professeur » en direction de Léandre, comme il le faisait autrefois pour faire rire la classe. Visiblement agacé par cette ancienne gaminerie, Léandre haussa les épaules.

— Vous connaissez Mario depuis longtemps ?

— Depuis toujours.

— Vous lui avez enseigné, si j'ai bien saisi?

— Il a bien fallu. J'étais le seul professeur de français à l'école secondaire du village. Ce jeune homme gaspille une vive intelligence à changer des pneus et à jouer les pompistes.

Florence se raidit comme une mère supérieure qui aurait entendu un juron.

— Que puis-je faire pour vous, Monsieur le Professeur? fit-elle en écho à Mario.

— Juste un café.

— Ah! Ah, bon!

Florence retourna à la cuisine et prépara un express. Léandre prit place à la grande table au milieu du restaurant. Florence plaça un napperon carrelé de vert et de jaune devant lui, puis revint avec une cuillère, un petit sucrier et un pot de lait.

En servant le café, elle précisa d'un ton tranchant:

— Moi, j'aime bien que le mécanicien qui s'occupe de ma voiture soit intelligent. Je ne vois d'ailleurs pas en quoi un travail manuel gaspille l'intelligence, si vive soit-elle.

Après avoir fermé l'appareil de radio qui grésillait, elle retourna à sa cuisine. Léandre l'entendit bousculer des ustensiles dans l'évier, fermer et ouvrir le robinet. Puis elle revint dans la grande pièce, inquiète soudain de l'équilibre des tableaux et du degré d'ouverture des rideaux.

Florence passait d'une fenêtre à l'autre. Léandre sirotait son expresso. Un grand silence avait fondu sur eux.

Pour meubler ce vide qui lui pesait, Léandre osa:

— Si je peux me permettre un conseil, madame... à propos du...

— Vous n'avez pas aimé le café?

— Au contraire. Il est parfait. Mais...

Léandre regretta aussitôt d'avoir entamé la conversation. Pire, il s'en voulait d'être entré au Café.

— Mais… insista-t-elle avec un faux sourire.

Coincé, Monsieur le Professeur courut en étourdi sur un terrain glissant :

— Je crois que vous gagneriez à adapter les noms des plats au… contexte local.

Florence restait bien droite. Sans expression. Un mur de glace.

— Ce qui signifie ?

Il tourna un peu autour du pot avant d'achever sa pensée :

— Il serait peut-être plus adéquat à Villery d'appeler votre blanquette un *stew*.

Florence toisa le petit homme du haut de sa grandeur altière. Léandre se sentit lilliputien, un nain crotté devant une Blanche-Neige impeccable.

— Enfin… vous devez bien comprendre ce que je veux dire ?

Après quelques secondes d'éternité, Florence laissa tomber, cinglante :

— Vous n'aimez vraiment pas les gens d'ici, vous !

— Vous vous trompez du tout au tout, madame.

Après un soupir de soulagement moqueur, elle répondit :

— J'en suis ravie, car voyez-vous, moi, je crois que je les aime bien.

Léandre se leva brusquement. Il croyait sa gaffe consommée. Il n'en était rien, le pire était encore à venir :

— Combien vous dois-je ? s'informa-t-il le plus poliment du monde pour ne pas envenimer la situation.

— Vous ne me devez rien du tout. Vous avez surgi chez moi. Je vous considère comme un invité… inopiné.

Il insista. Le regard vert de Florence semblait avoir des griffes. Soudain, Léandre comprit.

Je roulais dans une boue gluante aux bras de la vérité toute nue ! Tout devenait limpide : Florence Santerre ne tenait pas restaurant ! Je m'étais donc introduit chez elle sans même frapper à sa porte ; je lui avais commandé un café comme un maître à sa servante, et je lui avais imposé mes opinions comme un malappris !

Je suis sorti à la hâte, oubliant mon canotier et me jurant de ne jamais remettre les pieds au Café Villery.

23

« Le Café malgré moi » : voilà ce qui devrait être écrit sur l'enseigne devant la maison. J'ai perdu en quelques heures le peu de contrôle que je croyais avoir regagné sur ma vie.

Un vortex semble vouloir m'avaler.

Après le départ de « Monsieur le Professeur », j'étais en colère. Une rage froide. Je suis montée à ma chambre en enviant les enfants qui s'enroulent dans une couverture aimée pour retrouver leur sécurité intérieure. Un flot de larmes s'est échappé de moi. Je ne sais pendant combien de temps j'ai pleuré, sans arriver à comprendre pourquoi. Au débordement a succédé un profond apaisement. Une détente qui m'a menée à la somnolence.

Le soleil m'a sortie de ma torpeur. Un rayon s'est attardé sur ma joue, puis s'est blotti dans mon cou. Je me suis grisée de cette chaude lumière et du silence ambiant, à peine égratigné par un crissement de pneus sur la route.

Vers 16 heures, je suis sortie faire des emplettes, puis j'ai marché jusqu'aux boîtes aux lettres près de la résidence. Un papier scotché sur la porte de mon casier flottait au vent. Sa lecture m'a laissée perplexe. En lettres grossièrement moulées, on avait écrit : « Retourne d'où tu viens. » Instinctivement, j'ai regardé autour de moi comme si le responsable de ce billet était là à épier ma réaction. Mais Villery ronronnait comme un vieux chat. J'ai chiffonné le papier après l'avoir relu, mais il m'avait laissé un goût amer.

À mon retour à la maison, j'ai pris conscience que je n'avais rien mangé depuis le matin. J'ai réchauffé une portion de blanquette. Comme je m'apprêtais à me servir, Marcel Cléroux est arrivé avec sa femme Pierrette, une bombonne d'énergie aux cheveux rose doré.

— J'ai su que t'as ouvert la place ?

Résignée au malentendu, je n'ai pas eu la force de le contredire !

— Pierrette est pressée. À la résidence, c'est les « Mardis en chansons ». A l'a pas le temps d'aller se faire quelque chose à la maison. On a pensé…

— J'aurais pu manger à la cafétéria comme à midi. Mais deux fois dans la même journée, c'est trop ! expliqua Pierrette.

Marcel s'enquit du menu. En écho aux conseils de « Monsieur le Professeur », j'ai bafouillé :

— C'est un *stew*…

Pierrette est venue à ma rescousse de sa voix bon enfant :

— N'importe quoi, si c'est pas du manger mou !

L'arrivée des assiettes a été accueillie par un « Ça sent ben bon ! ». Et Pierrette est tombée sur son repas comme la misère sur le pauvre monde.

— Prends ça relax, Pierrette. Tu s'ras pas en retard. Ça prend trois minutes avec le « char » pour aller au motel.

Pierrette n'écoutait plus. Elle avalait apparemment sans mastiquer, engloutissant le veau, les champignons et les oignons perlés. On aurait cru qu'elle mettait fin à un jeûne d'un mois.

— À la vitesse que tu manges, tu vas avoir tout le temps de marcher.

— Faut que je sois là pour recevoir les musiciens.

— Ça te ferait du bien un peu d'exercice, insistait Marcel qui, lui, n'avait pas encore terminé la moitié de sa portion.

— Aïe ! Tu vas me ramener, Marcel. C'est toi qui as eu l'idée qu'on prenne rien qu'un « char » à matin.

Pierrette a réclamé du pain. Après quelques minutes, rien ne restait dans son assiette. Pas même une trace de sauce.

— Bon, ben, j'aurais le temps d'un petit dessert, moi.

J'étais prise de court. J'ai pensé au yogourt glacé que j'avais acheté la veille.

Pierrette a maintenu le rythme : le dessert est disparu en quelques cuillerées. Marcel a terminé son plat et il est allé la reconduire à son travail. Moins de dix minutes plus tard, il était de retour. Avec un grand sourire, il a dit :

— J'en r'prendrais ben un peu de ton *stew*, Florence.

Pendant son absence, je m'étais servie. Il l'a constaté et m'a invitée à se joindre à lui. J'ai eu droit à la suite du récit de sa vie commencé en novembre dernier. Un coq-à-l'âne hallucinant qui faisait des bonds sur les décennies.

J'ai appris que la famille Cléroux faisait partie des défricheurs de la paroisse. Avec les Arcand, les Faubert, les Francoeur et les Brazeau… À l'origine, des familles d'agriculteurs. Agriculteurs et bûcherons, car les pères et leurs fils en âge de faire croire qu'ils étaient des hommes montaient aux chantiers de la Gatineau chaque hiver.

Le grand-père Cléroux avait ouvert le premier magasin général. Depuis, il y avait toujours eu un Cléroux pour prendre la relève. C'était à cet endroit que se prenaient les grandes décisions sur l'avenir du village. C'est là que se nouaient les alliances, naissaient les discussions, éclataient les disputes et s'échappaient les rumeurs. Sous le règne de Marcel, le commerce s'était modernisé. Mais, magasin général ou dépanneur… pour les villageois, le rôle du lieu était resté parfaitement le même.

Au dessert, j'appris que Villery était le nom du premier curé de la paroisse. Auguste Villery ayant trouvé la mort en sauvant une fillette d'une maison en flammes, il avait vite été consacré martyr de la colonisation, et ce qui n'était alors qu'un hameau avait pris son nom. Le « Station » s'était ajouté avec le passage du chemin de fer. Avec la gare, était venu le petit hôtel, et bientôt une école et sa résidence de religieuses. Villery se préparait à un grand avenir.

Mais depuis une quinzaine d'années, les gens quittent le village. Les jeunes familles se font rares. L'école a été fermée. Les enfants et les adolescents vont par autobus vers les écoles des grands centres. Marcel a été vingt-sept ans maire de Villery Station, et quand les villages ont fusionné pour se donner des allures de petite ville, il a perdu sa raison de vivre.

C'était il y a huit ans. Il a voulu vendre son commerce, sa grosse maison à colonnes pour s'installer sur le bord du golfe du Mexique. Pierrette a refusé. Il en rêve encore et revient régulièrement à la charge auprès d'elle.

Au premier café, Marcel a parlé de ses enfants. Deux filles et trois garçons. Ingénieur, infirmière, comptable, avocat, tous installés à Ottawa, sauf Sylvain qui s'est fait agriculteur. Selon Marcel, ils ont une « bonne vie ». Cela signifie, si je ne me suis pas perdue dans le labyrinthe de ses explications, un job stable, un bungalow de banlieue, deux autos et des rejetons. Au second café, j'ai su qu'il était l'aîné de cinq enfants, qu'il avait commencé à travailler à l'âge de quinze ans au magasin général de son père quand ce dernier avait ouvert une épicerie à Saint-Isidore.

Un regard à la montre, quelques onomatopées de circonstance, Marcel m'a demandé l'addition. Résignée à mon destin de restauratrice, j'ai demandé le premier prix raisonnable qui m'est venu à l'esprit. Radieux, mon « client » a laissé un généreux pourboire. Il a marché en se dandinant jusqu'à sa voiture : manchot repu dans le crépuscule de Villery.

Une fois de plus, mes plans sont bousculés. Une fois encore, j'ai laissé faire. Me voici de retour à la case départ. Je ne contrôle pas ma vie, je ne fais que m'en accommoder.

Sans le vouloir, ni le prévoir, j'ai ouvert une *binnerie* genre *fast food* qui fait du *take-out* le midi et sert des repas style bistrot le soir.

Ainsi soit-il !

24

Tout est en place pour demain.

Dans la cuisine, le frigo déborde ! Mon vivoir a complètement retrouvé ses allures de salle de restaurant. Avec l'aide de Simon, j'ai monté un fauteuil dans ma chambre, descendu les autres à la cave et placé des tables devant chaque fenêtre, celles de la devanture et celles du côté. J'ai gardé au centre de la pièce les six tables que j'avais regroupées en une grande et je les ai habillées d'une immense nappe rayée de bleu nuit et d'un jaune tirant sur la mangue. J'ai trouvé pour les autres tables des nappes bleu clair. Du plastique lavable, pas cher, qui ne tiendra sans doute pas plus que l'été.

Hier, Julie a fait remettre en condition et décorer d'annuelles les plates-bandes de ma cour. Un savant assemblage de salvias rouges et violettes, de cinéraires argentées, et de dahlias nains, qui ne sont pour l'instant que feuillage. À vrai dire, je ne saurais distinguer pour l'instant les salvias des dahlias. Je me contente de répéter ce que m'ont dit les deux employés venus planter tout cela !

J'ai communiqué avec Pierre-Yves pour lui expliquer la situation dans laquelle je me retrouve par rapport au restaurant. Il n'a pas semblé du tout surpris de mon téléphone et il m'est apparu fort réceptif à l'idée de garder le resto ouvert. À la blague, il m'a offert la « gérance » du Café Villery. Le temps qu'il faudra. Le temps que je voudrai. Il m'a même promis de faire un saut un de ces jours pour goûter à ma cuisine.

Je vis donc mon dernier jour de congé pour quinze semaines !

Toutes les fenêtres sont ouvertes. Des champs, une brise coule jusqu'à moi et embaume. Il a plu toute la nuit. Abondamment. Le ruisseau s'est de nouveau métamorphosé en un torrent robuste.

Réfugiée dans ma chambre — maintenant seule pièce intime de ma maison — je traîne en peignoir en compagnie d'un grand bol de café au lait et de rôties beurrées.

J'ai envoyé quelques courriels. À Josiane et Vincent. Encore une fois. Je leur ai fait le récit des dernières semaines et je leur ai redonné mon adresse et mon numéro de téléphone à Villery, précisant bien que mon portable n'était plus en fonction.

J'attendrai jusqu'à la fin du mois. Si leur silence persiste, je comprendrai. « Tout passe. Tout casse. » Les amitiés comme les amours. Je m'inclinerai gracieusement. Je ne suis plus du tout sûre que j'en pleurerai. J'ai parfois peur d'en être soulagée. Je n'aurais pas pu m'avouer cela l'hiver dernier. Aujourd'hui je peux le confesser : le passé me pèse… Je veux m'en libérer.

Hier, j'ai reçu la visite de Pascaline DeParis, une artiste qui vit de l'autre côté du Scotch. Elle est de la génération de Julie et de Mario. De grandeur moyenne, le visage rond, les cheveux noués en queue de cheval, elle projette la version BCBG de l'allure sportive. Je l'avais entrevue joggant dans les rues en maillot écarlate ou lime. Mais comme ses heures de jogging fluctuent largement, je ne l'ai pas retenue parmi les figurants de la mécanique horaire de Villery Station.

Elle m'a présenté Mistral, le rejeton poilu d'un terre-neuve et d'une labrador. Tout en caressant l'énorme chien, elle m'a longuement parlé d'elle, de ses études en arts visuels, des bourses obtenues qui lui ont permis des séjours à Paris et en Provence. Il faisait chaud et humide : je lui ai servi un thé glacé. Elle monologuait d'un accent qui alliait le parisien gavroche et un villerois décontracté. Ce collage hybride témoigne bien, je crois, des deux versants d'une personnalité qui tarde à faire son unité.

Pascaline ne regarde que rarement son interlocuteur dans les yeux. Elle secoue sans cesse la tête pour agiter ses cheveux. Elle joue des paupières, esquisse une moue boudeuse d'adolescente mal dans sa peau. Tout cela s'accorde bizarrement à un corps ferme et musclé et à une voix de contralto.

Il y a six ans, Pascaline a converti la maison héritée de sa mère en atelier.

— Comme toi… je bosse en bas et je niche là-haut.

Si elle travaille à des œuvres monumentales, comme cette sculpture funéraire — hommage à sa mère — qu'elle fera bientôt transporter sur le terrain familial au cimetière, elle produit aussi des œuvres de format plus modeste. « Il faut pouvoir vendre ! » m'a-t-elle avoué sans gêne aucune.

Elle montera une exposition d'un jour chez elle, à la Saint-Jean. Les invités — c'est-à-dire tout le village — auront droit à un buffet… Et devinez qui s'en chargera ! À ajouter dorénavant à ma carte de visite : Florence Santerre, traiteur.

Je m'enlise.

25

23 mai

La honte ça passe quand la vie est longue.

Jean-Paul Sartre

Je ne sais si ma vie sera assez longue pour me faire passer la honte que je ressens depuis ma bourde au Café Villery. Je cherche à mettre tout cela derrière moi, mais je n'y réussis pas encore. Il me faudra bien, un jour prochain, avoir le courage de me présenter chez cette Florence Santerre pour m'excuser. Pour l'instant, je tente de me faire discret. Invisible, même.

J'ai pensé changer dès maintenant l'horaire de ma promenade que j'ai coutume de faire plus tôt à l'été pour éviter la chaleur. Je suis donc sorti marcher tout de suite après mon café avec Marcel. J'ai découvert qu'à 8 heures, madame Florence s'active, aère, secoue, nettoie déjà. J'ai donc décidé de faire ma promenade avant de passer au dépanneur. Mais, à 7 heures, madame Florence fait un parcours de marche rapide dans le cimetière. Alors, pour éviter de la croiser, je suis allé marcher à 6 heures. Je l'ai vue qui se promenait avec un bol de café devant les plates-bandes aménagées par Julie. Il semble que je ne puisse l'éviter, quelle que soit l'heure à laquelle je sors.

Le reste du jour, je me cache au jardin. Comme il pleut presque toutes les nuits et qu'il fait chaud le jour, les pissenlits n'ont jamais été si abondants. La prêle se répand comme si j'en avais semé à la volée. Et les pensées miniatures, que j'ai tant de mal à faire refleurir dans un terreau riche, font jaillir effrontément leurs prunelles jaunes dans le gravier des allées. Je passe des heures à me défaire des blagues automnales du vent, des écureuils et des oiseaux. Ces jours-ci, j'arrache de mes plates-bandes au moins deux érables par jour.

Les narcisses ont séché, les tulipes battent du pétale, les muscaris ont perdu leurs grappes. Le parfum du lilas se raréfie. À la prochaine brise, le dépouillement du jardin de mai sera complété. De jour en jour, mes muscles et mes articulations gagnent en flexibilité. Je me sens moins vieux…

Carole Faubert m'a invité chez elle, comme elle le fait de temps à autre. Cette fois, j'ai tout appris sur le thé vert. Japonais. Le seul digne de ce nom selon elle. Cette boisson est supposée vous raviver le système immunitaire comme une offensive d'antibiotiques et vous bombarder les cellules cancéreuses avec la vigueur d'un coquetel de chimiothérapie… « Sans les effets secondaires », souligne la dame, avec la conviction d'un curé vantant les mérites de la vie éternelle. À coups de potion magique, de recettes miracles et d'exercices respiratoires étranges, Carole croit dur comme fer qu'elle échappera sinon aux rides, du moins aux maladies dégénératives qui nous menacent, et que la mort l'oubliera entre deux séances de méditation transcendantale.

Je préfère jardiner.

26

Un mois demain que j'ai officiellement rouvert le Café Villery ! Il m'a fallu faire une mise au point. Comme toute suppléante, j'ai dû me démarquer de l'« ancien régime », des habitudes que Pierre-Yves avait établies et qui créaient encore certaines attentes.

Comme Julie et ses frères assurent seuls le service à la pépinière les dimanches et qu'il n'y a conséquemment pas d'autres employés, je n'ouvre pas ce jour-là. Le reste de la semaine, mon horaire de travail s'étend de 11 h 30 à 14 heures seulement. Mais, les jeudis et vendredis soir, j'offre un menu unique, une table d'hôte que j'affiche sur une grande ardoise dehors, à partir du mercredi. On doit réserver sa place.

La routine s'est installée plus vite que je ne l'aurais cru. Et plus tôt que je le désirais. J'ai dû prendre un rythme que je ne voulais pas. Bien sûr, j'ai des soirées de congé et il y a ralentissement en après-midi. Mais cela me donne tout juste le temps d'aller faire les emplettes, de tenir la maison propre et de passer à la poste voir s'il y a un message sur ma boîte aux lettres. Car ces billets collés sur la porte du casier continuent de m'accueillir. J'y retrouve toujours le même texte, mais au bas de la feuille, un chiffre s'ajoute maintenant. J'ai reçu aujourd'hui le cinquième « avertissement ». Cela commence à assombrir mes journées. ON connaît ma routine et, vraisemblablement, ON place le billet juste avant mon arrivée puisque Marcel m'a juré qu'il n'y a rien quand il passe chercher son courrier à 13 h 30.

Prometteuse, cette année sabbatique !

Mes jeunes clients du midi envahissent les tables. Ils ne sont pas exigeants car ils ont des papilles gustatives bien peu développées. Ils commandent toujours la même chose. Je refuse de leur servir du bas de gamme : mes hamburgers ne sont pas des *patties*, mais du bœuf haché de bonne qualité. Les hot-dogs sont en fait des *Wieners* ou des saucisses italiennes. J'ai vu des regards interrogateurs les premiers jours, mais la faim a été la plus forte. À présent, ils ne sourcillent plus devant mes écarts aux traditions du *fast food*. J'ai même ajouté au menu un riz au poulet ou une omelette aux pommes de terre. J'ai gagné ce petit pari-là. À eux se joint parfois Mario, quand Simon peut le remplacer aux pompes à cette heure-là.

Avec l'arrivée des grandes chaleurs, je me propose de pousser un peu du côté des soupes froides, de la charcuterie et des salades aux fines herbes du jardin — un autre cadeau de Julie qui a envoyé un employé un avant-midi creuser et planter près du patio un grand carré de plantes aromatiques. Elle veille au grain, mademoiselle Julie !

Marcel et Pierrette sont devenus des clients réguliers du vendredi soir. Ils retiennent toujours la même table, devant une fenêtre d'où ils peuvent surveiller leur maison, la route, les rues Lemieux et Notre-Dame. Personne ne peut entrer au village sans passer sous les fourches caudines de leur regard. Julie est venue une fois ou deux, toujours le soir. Je l'aime bien, cette fille un peu brusque. Elle sait où elle va et s'y rend bon train. Carole Faubert a amené une amie d'apparence aussi anachronique qu'elle. Les deux femmes conservent le *look* Woodstock des années 1960-1970 ; elles le portent maintenant avec rides et maquillage. Pascaline DeParis se joint parfois à elles.

Un soir, Mario était là avec son fils Stéphane venu passer le week-end à Villery. Quand Mario a vu Pascaline, il s'est écrié :

— Mais c'est-y pas la belle Louise Brâzeau !

Devenue écarlate, Pascaline a répliqué avec un accent plus pointu encore qu'à l'accoutumée :

— Quel grossier personnage tu fais, Mario Larocque ! Tu connais parfaitement mon nom.

— C'est vrai… Maudit… j'oublie tout l'temps.

Et en prenant une voix efféminée, il a ajouté avec la plus grande mauvaise foi du monde :

— Pascaline… Pascaline… qui, déjà ? Ah ! Oui... Pascaline De-par-ici.

— Tu l'fais exprès, hein, l'grand Larocque ?

Elle avait retrouvé l'accent de Villery Station. Carole Faubert a cherché à détourner l'attention vers l'enfant.

— Il a quel âge, le mignon petit garçon ?

Le « mignon petit garçon » a rétorqué :

— Ben, j'ai neuf ans, mais j'chu pus p'tit, pis chu pas mignon pantoute.

Carole, abasourdie, a agrippé sa serviette de table et s'est mise à s'essuyer la bouche nerveusement pour étouffer les mots de réprobation qui cherchaient à s'en échapper ! Son amie, estomaquée, s'agitait sur sa chaise. Je suis intervenue, demandant à Mario de prendre place. Lui et son fils m'ont suivie et je lui ai dit que j'avais quelques mots à lui dire avant son départ. Il a senti que j'étais en rogne.

Pendant tout le reste du repas, Pascaline a fait des contorsions pour ne pas croiser le regard moqueur que Mario s'amusait à faire peser sur elle.

Une fois le restaurant vidé, j'ai fait comprendre à Mario que j'apprécierais qu'il respecte un peu mieux mes clientes… Penaud, il m'a raconté que Louise, ou plutôt Pascaline, avait été sa « blonde » à l'école secondaire, qu'il l'avait quittée pour Julie Bouvier et qu'elle lui en voulait toujours. À lui et à Julie.

— Et ça fait combien de temps, tout ça ?

— Ben… à peu près… vingt ans.

— Et vous vous chamaillez encore comme des enfants ?

Il a haussé les épaules, puis pendant que son fils courait vers la jeep, il s'est excusé, à la sauvette.

Merveilleux village ! Il me faudra apprendre à me retrouver dans son labyrinthe pour ne pas me heurter à d'autres secrets… d'école et d'alcôve !

Simon est venu à quelques reprises me vanter les mérites culinaires et domestiques de sa compagne, Émilie. À part remplacer Marcel trois heures chaque après-midi au dépanneur, tailler une haie par-ci et tondre une pelouse par-là entre deux courts remplacements à la station-service, Simon s'est donné comme mission de promouvoir les dons d'Émilie. Je savais qu'elle faisait le ménage chez les Cléroux chaque quinzaine, qu'elle servait les repas du soir à la résidence et que Mario appréciait hautement ses tartes aux petits fruits. Toutefois, j'ignorais qu'elle trouvait aussi le temps de faire du fromage du lait de ses chèvres.

C'est pour me faire goûter ses produits qu'elle est venue en début de soirée. Elle est arrivée à bicyclette, avec son air de poupée de porcelaine, le corps frêle et le visage délicat dévoré par deux grands yeux sombres. Elle était vêtue d'un T-shirt pêche et d'une jupe écrue. Ses cheveux clairs formaient une tresse fine sur le côté gauche. Avec un sourire timide, elle m'a tendu trois petits rouleaux de fromage. Instinctivement, j'ai regardé ses mains. Rien à voir avec celles de Simon ! Émilie cure soigneusement ses ongles ; elle sent le propre et le patchouli. Nous nous sommes assises à la table de cuisine. Elle a refusé le café offert, mais accepté une tisane de verveine. J'ai sorti des craquelins à l'eau et j'ai goûté un à un ses fromages.

— On a des chèvres rien que depuis l'année passée.

Le chèvre nature m'a semblé un peu fade. En revanche, le fromage poivré était goûteux et le rouleau au thym, simplement délicieux. J'en ai acheté pour mettre au menu du soir.

— Je ne suis pas venue… rien que pour vous vendre du fromage, m'a-t-elle confié d'une voix hésitante. J'aimerais… que vous m'appreniez à faire la cuisine… Je veux dire, le genre de cuisine que vous faites, ici. J'ai entendu dire que c'est bien bon…

Elle a baissé la tête, comme si elle avait honte de s'être livrée. Puis sa voix s'est affermie et le rythme de ses paroles s'est accéléré :

— Je pourrais vous faire des desserts, en échange. C'est le temps des fraises… là… Puis j'irai aux framboises, puis aux bleuets plus tard. Je peux faire le ménage ici, la semaine que je vas pas chez les Cléroux. Ou vous faire *du bon* sur les fromages… Si les gens les goûtent, peut-être qu'ils m'en achèteront après.

Émilie me plaît. Nous avons convenu qu'elle viendrait me donner un coup de main pour préparer le buffet du 24 juin chez Pascaline et, une fois sa tâche terminée à la résidence, me seconder à la réception.

27

24 juin
Si l'on sait exactement ce qu'on va faire, à quoi bon le faire?
Pablo Picasso

Comme tout le monde, j'ai été invité chez Pascaline. La perspective de revoir une certaine personne ne m'attire guère. Mais comment dire non? Sous quel prétexte?

Dans un village, on ne peut pas mentir...

Pour pouvoir décemment refuser de me rendre à cette fête, je ne peux inventer un parent qui aurait besoin de moi: tous savent que Rollande et Fernand sont morts, et il serait bien étrange que, du Carmel, Annette demande soudain à me voir... Me déclarer malade serait pire encore: cela ouvrirait ma porte à toutes les bonnes âmes de la région en mal de dévouement.

À Villery, tout se voit, s'entend, se sait. Des yeux s'accrochent à chaque fenêtre, le vent a des oreilles et les murs parlent! Il ne reste plus aux désœuvrés qu'à inventer ce qu'ils n'ont pas eu le loisir de voir ou d'entendre. Je suis condamné à la transparence.

Pascaline m'a souligné, comme s'il s'agissait du clou de la soirée, qu'elle avait commandé le buffet au Café Villery. Je devrai donc me résigner à revoir madame Florence.

Aurai-je l'audace de lui sourire? Comment oublier ses yeux d'un vert glacial où j'ai cru lire tant de mépris? Même un vieil homme a sa fierté.

En fin d'avant-midi, avant la pluie annoncée, Léandre se rendit désherber la tombe de Gabrielle. Comme le printemps a été aussi pluvieux que l'hiver a été neigeux, une seule semaine sans sarclage fait disparaître les fleurs sous la prêle ! Léandre se devait absolument d'aller désherber.

Au milieu du cimetière, c'était le branle-bas de combat. La voiture de Pascaline et une des camionnettes de la pépinière y étaient garées. Mario, Julie et ses deux colosses de frères jumeaux s'affairaient à installer une sculpture sur le terrain des Lalonde, la famille maternelle de Pascaline. L'opération, visiblement épuisante et délicate, mettait les nerfs de chacun en boule. Pascaline n'avait pas eu le choix de faire appel à la famille Bouvier et à Mario, car les bras valides sont rares au village et les véhicules capables de loger l'œuvre à transporter n'existent qu'à la pépinière.

Les susceptibilités s'aiguisaient. L'artiste, jonglant avec l'accent du Faubourg Saint-Honoré et celui du terroir est-ontarien, donnait avec emphase des ordres contradictoires. Julie argumentait sur chacun d'eux, sans doute autant pour le principe que pour le plaisir. Mario renchérissait, jouissant à l'avance d'une inévitable prise de bec entre les deux femmes, pendant qu'Éric Bouvier grognait :

— Branchez-vous, maudit !

Son jumeau Patrick, exaspéré à son tour, lançait :

— On n'a pas rien que ça à faire, nous autres !

Un moment, Léandre se crut de retour dans la cour d'école. Les enfants chicaniers étaient apparemment devenus des adultes et l'enjeu, cette fois, était une œuvre d'art… Mais pour le reste, c'était le scénario d'autrefois.

Ils réussirent finalement à placer l'œuvre sans encombre sur sa base de béton. Léandre ne put en apercevoir qu'une partie, car Pascaline recouvrit rapidement le monument d'une bâche. Tout le monde regagna son véhicule. À la hauteur de Léandre, on se mit à klaxonner comme des déments, et Mario hurla son habituel « bonjour, Monsieur le Professeur ».

Léandre grimaça devant cette récidive du grand Mario… Les autres éclatèrent de rire et la route les avala.

J'avais à peine eu le temps de ramasser mon sarcloir et de refermer mon sac d'outils de jardinage qu'une pluie torrentielle s'abattait sur moi. En quelques secondes, j'étais transpercé. C'est alors que je l'ai aperçue.

Sortant de chez elle sous un immense parapluie blanc, mademoiselle Florence courait à toutes jambes vers moi.

28

Peu après 11 heures, je m'affairais à préparer des cornets de jambon aux asperges tout en observant, de ma fenêtre de cuisine, le professeur en train d'accomplir, agenouillé, son rituel hebdomadaire au cimetière.

Il y a quelques semaines, je suis allée voir la stèle de granit noir qu'il fleurit. Il y est inscrit :

Gabrielle Langevin 1945-1979
Léandre Arcand 1937–

Cette date en suspens m'a profondément émue. Un espace accroché à l'inconnu. Un vide gravé sur l'attente des dernières retrouvailles. J'ai pensé à Maxime, aux affres de son absence qui me dévorent encore. Parfois. Malgré tout…

Quand l'orage a éclaté, j'ai eu tout à coup pitié de cet homme livré aux intempéries sur la tombe de sa femme. Sa fidélité à l'Aimée me touche. J'ai laissé mon travail et j'ai couru vers lui. Je lui ai offert l'hospitalité, le temps que cesse la pluie. Il était trempé jusqu'aux os. J'ai suspendu son veston de lin à un cintre. Je lui ai prêté un T-shirt, pendant que je faisais sécher sa chemise. Il a accepté un café.

— Je suis encore une fois un hôte inopiné, a-t-il dit en faisant allusion à notre confrontation du mois de mai.

Je me suis contentée de sourire.

Le second café, je lui ai offert de l'arroser d'un doigt de brandy. Monsieur le Professeur n'a pas refusé, mais cela ne l'a pas rendu plus volubile. Une gêne à couper au couteau s'était ancrée entre nous.

J'ai tenté une remarque sur les pronostics de la météo :

— On a eu l'averse annoncée. Espérons que le soleil promis pour l'après-midi sera lui aussi au rendez-vous.

— Il le faut… pour la fête.

— Vous y serez ?

— J'y ai été invité.

Il s'est levé et a fait quelques pas en direction de la porte coulissante du patio.

— Votre jardin est fort réussi.

— Je n'y suis pour rien. C'est Julie Bouvier qui fournit les idées, les fleurs et la main-d'œuvre. Moi, je n'ai aucun talent pour l'horticulture.

Il s'est tourné vers moi. Son regard noir m'a traversée comme en novembre dernier, lorsque je l'avais croisé au sortir du dépanneur :

— Jardiner demande un savoir de base sur les plantes, le sens de l'esthétique, et surtout beaucoup de constance. Je peux constater votre sens du beau, je suis certain que vous êtes capable d'un travail soutenu… Il ne vous reste qu'à vous renseigner un peu sur les fleurs.

— J'oublie même d'arroser.

— Aujourd'hui, on y a pensé pour vous !

La pluie, qui avait presque cessé, a connu une recrudescence puis s'est arrêtée aussi brusquement qu'elle était survenue.

La chemise était sèche. La tasse vide. Léandre Arcand m'a remerciée. Il a mis sur son bras le veston encore un peu humide, repris son sac d'outils de jardinage et, en me remerciant une fois encore, il est parti.

En refermant la porte d'entrée, j'ai aperçu le canotier qu'il avait oublié le mois dernier et qui coiffait, depuis, la patère de l'entrée. Du perron, je l'ai appelé, mais Monsieur le Professeur arrivait déjà à la hauteur de la rue Fournier. Il allait franchir la passerelle. C'était trop tard.

Je me suis remise au travail. Émilie allait arriver.

Elle s'est présentée à dos d'âne devant le Café. Zotique est la dernière acquisition de Simon et d'Émilie. Après avoir flatté l'animal, Émilie l'a attaché à l'érable au coin de la maison. D'un des deux paniers flanquant la bête, elle a tiré un bol, qu'elle a rempli d'eau à l'aide du tuyau d'arrosage. Puis, elle a sorti des paniers de Zotique deux petites glacières de vinyle. L'une contenait un échantillonnage de fromages de ses chèvres et des contenants de yogourt maison. L'autre était lourde de tartes aux fraises et à la rhubarbe.

Le soleil a rapidement séché toute trace du passage de la pluie du matin. Le lustre qu'elle avait donné au jardin a retenu mon attention. Pour la première fois, j'ai admiré les fleurs de ma cour comme on tend son regard vers le tableau d'un musée. Léandre Arcand avait raison : mon jardin était une réussite.

Émilie et moi avons cuit de petites quiches, coupé des légumes et préparé des trempettes et des bouchées fines. Jusqu'à 16 heures. Émilie parle peu. J'apprécie. Simon nous a rejoints après être allé monter les tables dans la cour de Pascaline. Les paniers de Zotique ont été remplis de nouveau, cette fois de nappes de papier, d'assiettes de plastique et d'ustensiles. On a chargé le buffet et les assiettes de service dans le coffre de ma voiture. Nous étions prêts à faire face à la gourmandise des Villerois.

Simon et l'âne ont emprunté la passerelle afin de se rendre chez Pascaline, de l'autre côté du ruisseau. Quand Émilie et moi sommes arrivées, les nappes étaient déjà étendues sur les deux tables montées sous les tilleuls de la cour. Le chien Mistral restait calme dans un coin ombragé tandis que Pascaline s'agitait, à droite et à gauche, comme la mouche autour du coche. Sans doute par réaction, Simon jouait au gars *cool* — encore plus *cool* que d'habitude — ce qui énervait davantage l'hôtesse. Malgré les suggestions désordonnées de Pascaline, nous avons réussi à placer les aliments, les assiettes et les ustensiles de manière pratique pour le buffet. Nous avons trouvé un endroit frais pour le vin et la bière que Pascaline avait remisés à la cave.

C'était l'heure, pour Émilie, de prendre son service à la résidence. Elle est partie de son côté pendant que Simon ramenait Zotique chez moi, à l'ombre de l'érable.

Je me suis assurée que tout était en place, au frais et bien couvert. Une brise tiède soufflait. Le feuillage des tilleuls bruissait. Il faisait bon dans la cour de Pascaline ! Elle m'a offert un verre de rosé frais. Je n'ai pas refusé. Elle m'a ensuite guidée dans la maison, m'expliquant par un discours dentelé d'ésotérisme les dédales de sa démarche artistique. Je sirotais en hochant poliment la tête.

Je me sens toujours mal à l'aise lorsqu'un artiste se croit obligé d'expliquer son œuvre, de souligner les mérites de sa recherche et de vanter son propre génie. C'est pourtant le chemin sur lequel je les mène tous par mes questions, tout au long de la saison télévisuelle.

J'ai joué le jeu avec Pascaline. J'écoutais sans chercher à comprendre. Le vin était si agréablement frais ! Et je dois avouer que le monologue promotionnel de Pascaline était un chef-d'œuvre du genre. Je n'ai pu m'empêcher de constater que la petite Louise Brazeau, de Villery Station, en avait beaucoup appris à Montréal, à Aix-en-Provence et à Paris. Elle n'avait pas besoin de mes questions, elle, pour filer grand train sur l'autoroute de l'autosatisfaction.

L'artiste avait étalé une quinzaine de sculptures sous les arbres et au fond de la cour, le long d'une haie de cèdres. Des œuvres toutes plus surprenantes les unes que les autres. Leurs formes éclatées dessinaient un bouquet audacieux en bordure de l'ombre. Je n'aurais pas été friande de leurs couleurs criardes dans mon salon. N'empêche que cette cour un peu négligée, sans plate-bande florale et entièrement dominée par le vert, était soudain devenue un tableau vibrant.

Aux murs de son atelier, Pascaline avait accroché ses peintures. Toutes semblables, m'a-t-il semblé au premier regard ! Une fantaisie picturale en vingt-quatre rectangles où les jaunes explosaient entre le magenta, le bleu de Prusse, le kaki et le vert absinthe. L'atelier en était illuminé ! Le tour guidé s'est achevé à l'arrivée de Marcel et de Pierrette, suivis aussitôt de Carole et de son amie Gladys, celle qui l'accompagnait de plus en plus fréquemment au Café. Je ne connaîtrais pas ce soir-là la coda de la démarche artistique de Pascaline. D'invitée privilégiée, j'étais vite redevenue simple employée. L'hôtesse se devait à ses amis.

Simon, lavé, ongles récurés et cheveux coiffés, est réapparu pour jouer au sommelier. Mario s'est présenté en même temps que Julie, ce qui a fait sourciller Pascaline. J'ai eu l'occasion de voir de près d'autres résidents de Villery, comme les demoiselles Francoeur, que j'avais à peine entrevues depuis mon arrivée à Villery. Une bonne occasion de prendre contact.

Alors que Pascaline allait porter un toast, Mistral s'est mis à japper résolument. Léandre Arcand, en costume clair, venait d'apparaître au fond de la cour, surgi de l'ombre comme un revenant. Il m'a brièvement regardée et ses lèvres minces ont esquissé un sourire discret. Je me suis demandé depuis quand il était là et par où il était passé. Simon s'est empressé de lui offrir un verre de vin et Pascaline a pu porter son toast de bienvenue :

— Nous voici réunis, pour une cinquième année consécutive, au milieu de ma production de l'année. Merci d'être venus. Visitez, choisissez, achetez… et régalez-vous au bar et au buffet.

Léandre Arcand, verre de vin à la main, était vite disparu derrière les portes-fenêtres de l'atelier. En passant parmi les invités avec un plateau de légumes et une trempette, je l'ai entrevu qui examinait religieusement chaque toile exposée. Puis, Carole et Gladys l'ont rejoint et la conversation s'est animée.

Simon remplissait les verres avec assiduité. Le ton des voix montait. La brise jouait dans le feuillage. Moi, les bras chargés, je circulais entre les groupes.

Pierrette s'est assise non loin de la table de service. Marcel est venu la rejoindre. L'ancien maire resplendissait, dans son costume bien taillé. Je l'ai imaginé, trente ans plus tôt, avec un peu plus de muscles et moins de ventre : il avait dû avoir du charme, Marcel.

Il tenait à me taquiner.

— On fait la belle vie, nous autres à Villery, hein ! Pierrette, s'est-il exclamé sur mon passage. On se fait servir par du monde de la *tivi*.

Pierrette a fait éclater un rire aussi gras que ses mentons.

Je m'attendais à ce que Carole achète un tableau, car elle ne parlait que de cela depuis deux semaines au restaurant, mais c'est Julie Bouvier qui, la première, a réservé une œuvre : une sculpture d'un mètre de haut, tentaculaire, d'un marron éclaboussé d'excroissances vertes. On aurait dit des grenouilles qui s'apprêtaient à sauter.

— Qu'est-ce que t'en penses, Florence? Je la mettrais devant le magasin...

Je n'ai pas eu le temps de répondre que Mario lâchait haut et fort:

— Si t'es *tannée* de tes clients, c'est parfait!

— Grand fou!

Simon faisait toujours la navette entre la réserve de vin et les verres vides qu'on lui tendait. Le rouge avait succédé au rosé. Il coulait tout autant que les rires. J'ai étalé les plats et les assiettes remplis de cornets de jambon, de quiches miniatures et de salades.

Gladys s'est soudain mise à crier sa joie: Carole Faubert venait de lui offrir une toile immense.

— Elle est mieux d'avoir une grande maison, a murmuré Simon en passant devant la table.

Pascaline, qui ne s'attendait sûrement pas à deux ventes d'affilée, jubilait.

— On devrait acheter quelque chose, Pierrette, a chuchoté Marcel en revenant faire le plein de quiche.

— C'est toi qui me dis ça, toi qui chiales chaque fois que je fais entrer un cadre dans la maison? Qu'est-ce qui te prend, Marcel?

— Si c'est bon pour eux, ça devrait l'être pour nous autres aussi.

— J'arrive pas à croire ce que j'entends! Sens-tu ta mort, coudonc, mon Marcel?

À la faveur d'une accalmie, Léandre Arcand s'est approché de moi et m'a félicitée pour le buffet. Le vin avait rendu son regard brillant. Il m'est apparu plus détendu. Je lui ai trouvé moins de rides.

— Merci, monsieur Arcand.

— Léandre, a-t-il rectifié en me gratifiant d'un sourire affable.

— Merci… Léandre. Mais surtout, n'oubliez pas de goûter tout à l'heure aux fromages d'Émilie !

Simon arrivait à notre hauteur avec sa bouteille. Léandre lui tendit son verre et en prit un propre sur la table à côté du buffet.

— Pour vous, Florence, dit-il en me le tendant. À votre santé.

J'ai bu. Comme je n'avais pas mangé depuis le matin, j'ai cru sage de m'offrir discrètement un cornet de jambon et quelques légumes. Léandre semblait avoir laissé tomber sa timidité de la matinée. Il restait à mes côtés.

— Quel tableau choisiriez-vous pour suspendre dans votre restaurant ?

Je n'avais aucune intention de partager avec Léandre Arcand mon opinion sur la production de Pascaline. J'ai évité le piège :

— Je ne me suis pas encore décidée. Mais vous, quelle œuvre préférez-vous ?

— Celle du cimetière. Vous viendrez pour le dévoilement ?

J'ai détourné la conversation :

— Ce matin, j'ai voulu vous rendre votre canotier, mais vous étiez déjà loin… Vous marchez vite !

— À vouloir fuir, on apprend à se déplacer rapidement.

Il était soudain devenu triste. J'ai fini mon verre. Léandre l'a saisi et il est parti à la recherche de Simon.

Son service terminé à la résidence, Émilie est arrivée juste à temps pour préparer l'assortiment de fromages. Nous avons entrepris une nouvelle tournée des invités, nous faufilant entre les groupes, où l'on parlait de plus en plus fort. Je me suis approchée des demoiselles Francoeur, que j'avais aperçues à l'écart. Elles ont paru surprises de me voir arriver avec mon plateau. Quand je leur ai précisé que ces fromages provenaient du lait des chèvres d'Émilie, elles ont retiré brusquement la main, comme si elles avaient ressenti un choc électrique. Puis, à petits pas saccadés, elles sont toutes deux disparues dans l'atelier.

Je suis retournée au buffet. Léandre y sirotait son vin. On aurait dit qu'il m'attendait.

29

Très tard, le 24 juin

À notre insu, les mots ont des liaisons.

Gabrielle Poulin

Peu avant 21 heures, nous avons quitté la cour de Pascaline.

Mistral, laissé à lui-même dans la cour, couinait. Nous nous sommes retrouvés défilant deux à deux comme des séminaristes, à la suite de notre hôtesse.

Après avoir emprunté la passerelle de la rue Fournier, longé l'église et contourné le presbytère, nous avons pénétré dans le cimetière par l'allée centrale. Tout au long du parcours, les échanges, bien que profanes, s'étaient faits plus discrets. Le rite processionnel refaisait surface du plus profond de mon enfance… Je fermais la marche aux côtés de Florence Santerre, qui restait muette. Elle semblait très fatiguée.

Près du terrain de la famille Lalonde, les invités se sont placés en demi-cercle. Pascaline les a remerciés une fois de plus de leur présence. Puis elle a enchaîné :

— C'est un jour bien spécial pour moi. Maman aurait eu soixante ans aujourd'hui. Vous savez quelle mère affectueuse et attentionnée elle a été. Elle a bien pris soin de moi quand mon père nous a abandonnées. Elle est partie, maman, et je n'ai pas pu lui dire tout ce que j'avais dans le cœur. Tout l'amour que je lui porte, elle qui n'a aimé que moi. Qui a centré sa vie sur moi. Alors j'ai tenté de m'exprimer dans le langage que je maîtrise le mieux: l'art.

Pascaline refoulait ses sanglots. Sa voix s'était brisée. Puis l'artiste s'est ressaisie pour poursuivre:

— Il m'aura fallu cinq ans pour achever le monument. J'ose espérer qu'elle l'aurait aimé.

Le jour se repliait sur l'horizon avec une lenteur solennelle. Les frères Bouvier sont passés derrière Pascaline et ont fait glisser la bâche, qui cachait toujours la sculpture. Juste à cet instant, un soleil oblique a surgi d'entre les nuages, dardant sa lumière orange sur l'œuvre. Un murmure est monté de notre petit groupe ébahi.

L'œuvre de Pascaline était bien différente de tout ce que nous avions vu d'elle. Cette fois, rien de coloré, rien d'éclaté, rien de provocant. D'une pierre brute, massive, d'un gris sévère, sortaient deux bras lisses qui berçaient une enfant endormie. Au bas du monument, il était gravé: «Merci d'avoir été ma mère.»

Un silence recueilli a suivi le dévoilement. Ému, j'ai longuement pensé à Gabrielle qui aurait tant aimé tenir notre enfant dans ses bras. J'ai aussi pensé à Diane, la mère de Pascaline, ma voisine pendant trente ans…

Le jour s'émiettait. À quelques pas de moi, discrètement, Florence Santerre essuyait ses larmes. Julie a déposé une gerbe immense devant le monument. Elle avait dû, avant de se rendre à la fête, la cacher derrière un monument voisin. Pascaline et elle se sont embrassées. Ces deux-là gardent de l'affection l'une pour l'autre en dépit de leurs chamailleries… Marcel a succombé à ses vieux réflexes de politicien et a félicité l'artiste en notre nom, sans que personne le lui ait demandé. Il ne nous restait plus qu'à applaudir l'œuvre, sa créatrice et le discours de notre ancien maire.

Une demi-heure plus tard, nous marchions à pas lourds vers la grille de l'entrée du cimetière tout à l'émotion vécue, quand une fusée a déchiré le soir d'une pluie d'étoiles. De l'autre côté de la rue Fournier, dans l'ancienne cour d'école, de joyeux fêtards venaient d'allumer un feu d'artifice pour la Saint-Jean. Plusieurs invités sont restés aux abords de la passerelle, à lancer des «ah!» et des «oh!» éblouis à chaque traînée de lumière striant le ciel noir.

Florence, Simon et Émilie ayant encore beaucoup à ranger, étaient retournés chez Pascaline. Léandre les suivit. Il tenta de rassurer Mistral qui tremblait à chaque pétarade pyrotechnique. Émilie et Simon allèrent à pied au Café retrouver Zotique afin de rentrer chez eux. Léandre tenta de se rendre utile auprès de Florence.

Dans le sifflement des fusées lumineuses, il emplit le coffre de sa voiture et l'aida à décharger le tout une fois de l'autre côté du ruisseau. Les aliments rangés et les plateaux empilés, Florence prépara du café. Bien que la caféine, depuis quelques années, affectât son sommeil, Léandre accepta, de crainte de heurter Florence. La bonne entente valait bien une nuit d'insomnie. Car, malgré le léger rapprochement des dernières heures, la gêne restait palpable entre eux.

Léandre chercha un sujet de conversation qui saurait ménager leurs orgueils respectifs. L'œuvre dévoilée au cimetière lui fournit un terrain de rencontre.

— À quoi avez-vous pensé, au premier coup d'œil?

— À la tendresse. Et au grand manque que j'en ai eu dans mon enfance.

Léandre se figea : il ne s'attendait nullement à une telle confidence.

— Et vous, Léandre ? s'enquit Florence.

Il décida d'être aussi franc et direct.

— À ma femme… Au grand vide de ses bras restés sans enfant.

D'un coup, la gêne entre eux s'évanouit. Léandre trouva enfin le courage de s'excuser pour sa bévue du mois précédent. Florence haussa les épaules.

— Cela n'a plus aucune importance, maintenant.

— Suis-je pardonné ?

— Presque… dit-elle avec un sourire espiègle.

Une idée traversa l'esprit de Léandre.

— Un repas chez moi, dimanche midi, assurerait-il une rémission complète de ma faute ?

Je ne sais plus en quels termes elle m'a répondu. Je sais qu'elle a ri, que sa réponse était exprès alambiquée, interminable. Une seule chose m'importait : elle avait accepté.

Soudain, un éclair a ouvert la nuit. Le regard vert de Florence s'est illuminé. Je l'ai remerciée pour le café. Elle m'a remercié de mon aide. Dans la pénombre retrouvée, elle m'a fait la bise en suggérant qu'on se tutoie.

Puis elle m'a tendu mon canotier…

Avant de franchir la passerelle vis-à-vis de chez moi, je me suis retourné. Elle était toujours sur le seuil de sa porte.

L'été sera beau.

30

Bientôt deux mois se seront écoulés depuis mon départ d'Ottawa. Deux mois de pluies trop fréquentes. Deux mois sans vraie chaleur. Sans nouvelles, surtout. En dépit des promesses. Le silence perdure du côté d'Oka et d'Ottawa. Loin de l'agenda, loin du cœur. Bah ! L'été est encore jeune. Qui sait ?

En deux mois, je me suis intégrée dans le paysage de Villery. Je ne suis plus de la visite. J'ai un rôle, je remplis une fonction. Modeste mais certainement utile, vu le nombre d'habitués du Café !

Mais, une fois encore, je n'ai rien su contrôler. J'ai laissé les circonstances me dicter le chemin : un animateur infidèle, une horticultrice entreprenante, une artiste convaincante... J'ai dit oui à chacun et à chacune. « Vire à droite, Florence, puis tourne à gauche, continue tout droit, puis après la courbe, prends la première rue à droite... ou à gauche. Enfin... tu demanderas ! » Et tu en redemanderas, ma vieille !

Je suis la marionnette soumise aux fils du temps, le pantin servile qui ne sait refuser. « Tu me prépares le menu, Florence ? » — « Tu me loues ton condo, ma chérie ? » — « Tu nourris mes employés ? » — « Tu t'occupes du buffet ? »

Je glisse où souffle le vent qui fait écho aux besoins… des autres.

Je me croyais acceptée dans ce village… mais les « avertissements » continuent. Monotones. Agaçants. Inquiétants par leur persistance. J'ai parlé à Marcel. À lui seul. Il m'a dit qu'il ferait le guet de la fenêtre de son magasin…

Il me reste une possibilité de contrôler quelque chose. Le voyage que je me suis promis de faire quand le Café aura fermé ses portes en septembre. Et je vais me prémunir contre tout changement de cap avec deux armes : des réservations d'hôtel et un billet d'avion en poche.

À cette simple pensée, ma boussole s'affole. Pour une planificatrice bien cotée dans sa profession, je fais piètre figure quand il s'agit de ma propre vie. Ces dernières heures, j'ai navigué sur Internet à m'en donner le mal de mer. De rêves en tentations, de désirs en tergiversations, je poursuis ma recherche.

Louer ce studio Place de la Contrescarpe et jouer à la Parisienne pendant quelques semaines ? Marcher le long des quais, grimper à Montmartre, lire au Luxembourg ? M'émouvoir dans le jardin du musée Rodin devant *La Porte de l'Enfer* ou *Le Penseur*. Flâner au Jardin des plantes. Le long du canal Saint-Martin ? Siroter un café crème Place des Vosges ? Admirer la Seine du Pont des Arts ? M'évader vers Versailles ou Fontainebleau et y rêvasser le long des jardins alanguis par l'automne ?

Pourquoi ne pas refaire les routes de la Loire ? Revoir Blois, Chenonceau ou Azay-le-Rideau en m'imaginant noble Dame ? Traverser l'Alsace de vignobles en marchés pour goûter le vin nouveau ? Me promener rue des Ponts Couverts à Strasbourg ? Déguster une tarte à l'oignon arrosée d'un verre de riesling frais rue des Sculpteurs de pierres ? Ou aller droit au cœur de la France, entre le pays de Colette et celui de George Sand ? Tant de choix !

Il y a bien sûr aussi les Pays-Bas, la Belgique et la vallée du Rhin. L'Espagne, où je n'ai jamais mis les pieds. L'Italie dont je n'ai entrevu que Rome et Brindisi… Tous ces lieux m'attendent. Je n'ai plus qu'à décider moi-même pour moi-même. Me voici prise de vertige devant trop de possibles.

Je suis descendue me préparer un café et je l'ai bu sur le patio en humant le romarin qui se faisait insistant. Qu'est-ce qui te tente, Florence Santerre ? Que veux-tu voir ou revoir, que veux-tu vivre ?

J'ai traversé la cour et je suis entrée au cimetière. Léandre était sûrement venu : la tombe de sa Gabrielle était impeccable. À l'autre bout de l'allée, j'ai admiré la sculpture de Pascaline. Les bras de pierre me fascinent chaque fois que je passe près d'eux. Ils m'appellent. J'aurais le goût de m'y blottir comme la petite fille d'autrefois. J'envie Pascaline qui fut tant aimée par sa mère… Les sentiments sont clairs chez elle. Elle a adoré sa mère, elle hait toujours son père. Pas de zone grise : tout est ombre ou lumière.

Moi, je suis une orpheline. Orpheline de trop de parents. Je revois mon enfance, prise en étau entre une mère pour le rêve et une autre pour le quotidien ; un père pour le dimanche et un père pour tous les autres jours de la semaine. Si différents les uns des autres ! Ma barque dérive encore de n'avoir jamais eu d'ancrage. Ni de port d'attache, comme Pascaline ou Léandre. Il existe pour eux un lieu bien réel, une terre où ils peuvent se recueillir. Moi, ma mère a été enterrée à Montréal où elle est morte ; mon père à Québec, où il avait fondé sa vraie famille ;

Louis à Victoriaville, d'où il était originaire; Corinne à Vanier… au cimetière Notre-Dame. La mort les a semés. Des cendres accrochées au vent. Éclair fulgurant, lumière tamisée, soleil noir ou lueur vacillante, ils n'ont fait que couler sur ma vie.

De cette confusion, naîtra-t-il une étoile?

31

29 juin
Il y a de grands départs
qui n'ont aucune destination.
Gilles Lacombe

De la fenêtre du salon, je l'ai vue traverser la passerelle de la rue Bourget sous son grand parapluie blanc. Au cours de la matinée, nous étions passés de la bruine au soleil, des nuages à l'averse abondante, et après une brève éclaircie, nous avions droit maintenant à un crachin maritime. Elle avançait tout de blanc vêtue, sauf pour un long fichu bleu marbré de vert qu'elle avait enroulé autour de son cou.

Dès son entrée chez moi, je l'ai sentie nerveuse. Florence Santerre, habituellement si sûre d'elle-même, accumulait les maladresses, laissant tomber deux fois son sac à main dans le vestibule et oubliant de me tendre la bouteille de bordeaux qu'elle avait apportée. Nous avons souri de ses petites étourderies et, en mon for intérieur, j'ai été attendri de découvrir une fragilité chez cette grande femme déterminée.

Elle a traversé lentement le salon et la salle à manger et je l'ai invitée à descendre dans la serre, où j'avais dressé le couvert. Elle s'est émerveillée de cette pièce qui, selon son expression, « avale le jardin ». Quand je suis revenu avec l'apéro, j'ai pu l'observer un moment : apparemment fascinée, elle fixait les stries que la pluie traçait sur les vitres. Un Ricard plus tard, elle m'apparut enfin détendue. Malgré la pluie qui persévérait, nous baignions dans la lumière.

Quand, comme Léandre, on n'a rien du grand chef et qu'on doit recevoir à manger chez soi une dame qui a tout du cordon-bleu, il faut choisir la simplicité.

Il avait donc préparé une soupe froide dite « aux trois *cans* », recette minute d'une ex-collègue de travail, des papillons de porc, une salade d'épinards, un plateau de fromages et des fraises au romarin. Un repas rassurant qui n'ouvrait à nulle compétition.

L'apéro et le vin aidant, ils discutèrent beaucoup… et même vivement à certains moments. Léandre n'osait poser à Florence toutes les questions qui lui brûlaient les lèvres. Il aurait tant aimé en savoir plus sur sa vie, sur les raisons et les circonstances de sa présence à Villery. Mais il craignait de rompre le charme de leur première vraie rencontre par quelque indiscrétion.

Florence, elle, ne semblait nullement gênée d'interroger Léandre. En véritable pro de l'entrevue, elle savait circonscrire l'information significative à travers les méandres d'une conversation apparemment banale.

— Je t'écoute, Léandre, deviser de littérature avec une passion qui allumerait le plus indifférent. À t'entendre parler d'un écrivain, on a le goût de courir dévorer son livre. J'ai peine à croire que tu n'aies jamais eu l'idée de poursuivre tes études jusqu'au doctorat !

— L'idée, peut-être. L'intention, non.

— Pourquoi ?

— Pour la conserver, cette passion-là !

Florence fronça les sourcils et resserra machinalement son foulard, dont le nœud s'était relâché. Léandre s'expliqua.

— Je ne me voyais pas en érudit, en savant disséqueur de phrases, en théoricien en mal de grilles d'analyse, en défenseur d'hypothèses qui s'embourbe dans ses arguments jusqu'à perdre l'œuvre de vue. Je voulais garder intacte cette passion qui m'habite encore.

Sans dire un mot, comme si le sujet ne l'intéressait plus, Florence reprit un peu de salade. Léandre resservit du vin que son invitée sirota avec une sensualité qui le ravit. Ses doigts effilés entouraient la coupe. Elle ne semblait pas vouloir reprendre la conversation.

Léandre eut tout le loisir de constater qu'elle ne portait aucun bijou. Ce dépouillement le surprit. Chaque fois qu'il l'avait vue servir au Café ou au buffet chez Pascaline, revenir de ses emplettes ou s'acharner à faire briller les vitres de sa maison, Florence s'affublait de bagues et de pendants d'oreilles tous plus originaux et frappants les uns que les autres.

La pluie ne tambourinait plus sur le verre du toit : le silence n'en était que plus présent.

Florence noua son foulard de soie qui avait glissé une fois encore sur ses épaules, puis, le regard affûté, pesant sur chaque syllabe comme un médecin ses doigts exercés sur le ventre d'un patient, elle m'a demandé comment, maintenant que ma passion ne pouvait plus s'exprimer, j'arrivais à survivre à ma retraite. Elle avait trouvé la fissure.

Léandre mastiqua sa bouchée de pain plus longtemps que nécessaire avant de laisser tomber :

— Je jardine.

— Et l'hiver ?

— Comme tous les jardiniers, je fais des plans pour le printemps.

Il ne voulait pas qu'elle pousse plus avant ses questions. Il ne désirait aucunement aller au cœur de ce qui le rongeait depuis quelques mois : à quoi, à qui était-il utile depuis qu'il n'enseignait plus ?

Il avait pu se dissiper dans le tourbillon de la rénovation domiciliaire et de l'aménagement du jardin, durant les premières années de sa retraite. Mais tout cela était terminé à présent et la question demeurait, aussi agaçante qu'inévitable : sans enfant, sans famille, sans élèves, à qui maintenant pouvait-il faire part de ses découvertes et de ses engouements ? Ne pas être en mesure de répondre à cette question, c'était en soi une réponse.

Léandre allait plonger dans l'eau glauque de la nostalgie. La voix de Florence le ramena à la surface du jour.

— Tu sais, Léandre, il n'y a pas que les savants de la chose littéraire qui peuvent nous décourager de lire. De tous les artistes que j'ai interviewés, c'est parmi les écrivains que j'ai trouvé les gens les plus... disons... imbus d'eux-mêmes.

— Pourquoi la fatuité ferait-elle plus d'adeptes chez les écrivains ?

— J'ai une hypothèse. Tu vois, les musiciens, les comédiens, les chanteurs, les danseurs, ce sont des artistes qui doivent côtoyer sans cesse d'autres talents et faire équipe avec eux. Ils ont besoin des autres pour se produire.

— Que fais-tu des peintres ? Des sculpteurs ?

— Eux se mesurent à la matière, qui ne leur fait pas de concession. Ça garde humble.

— Et que fais-tu du gargarisme des démarches artistiques ?

Florence pensa à Pascaline, sourit et poursuivit :

— Les écrivains sont de grands solitaires qui jonglent avec des mots dont l'effet leur échappe. Leur public reste la plupart du temps muet. Les applaudissements sont rares pour un livre. Il leur faut donc se rassurer sans cesse : les plus fragiles revêtent l'armure du triomphalisme et les plus naïfs se gonflent d'une prétention qui frise parfois l'indécence.

Des scènes de sa visite au salon du livre, l'automne précédent, revenaient à la mémoire de Léandre. Il approuva. La lucidité de Florence était bien affûtée ! Il trouvait Florence un peu trop sévère et voulut faire la part des choses :

— Ce que les écrivains nous donnent de meilleur, ce sont leurs livres. Pourquoi leur demander davantage ?

— Je suis de ton avis.

— C'est pourtant vous, des médias, qui cherchez à donner aux artistes une importance en dehors de leur œuvre. Vous les interrogez sur une panoplie de sujets qui n'ont aucun lien direct avec leurs compétences. C'est vous qui leur demandez ce qu'ils pensent de la prolifération des algues bleues à Saint-Creux-du-Lac, qui recueillez leur impression sur la dernière manifestation contre les porcheries à Soueville ou leur opinion sur la culture bio de la tomate jaune à Ketchup Valley.

Florence éclata de rire :

— Ce sont aussi des citoyens. Ils ont bien droit à leur opinion, non ?

— Pourquoi leur opinion de simple citoyen me concernerait-elle davantage que celle de l'éboueur, du marchand de journaux ou du pharmacien ?

Je m'étais emporté. Florence s'est subitement refermée et le vert de ses yeux est devenu glacial. J'ai desservi la table pour faire diversion. Elle a insisté pour m'aider.

Comme le soleil tentait une percée, j'ai proposé de lui faire les honneurs du jardin. Nous avons suivi le sentier de gravier jusqu'au grand érable. La pluie avait lustré les feuillages. Le vert des hostas chatoyait sous la lumière timide; les lis rouges qui avaient capté la bruine du matin dans leur corolle laissaient couler leur trop-plein sur les cinéraires argentées en bordure du sentier.

Florence disait vrai quand elle m'avait mentionné, l'autre jour chez elle, ne rien connaître du jardinage. Elle se référait aux fleurs uniquement par leur couleur et leur forme.

De retour dans la serre, Léandre servit le café. Le soleil avait complètement vaincu les nuages. Florence parla de son intention de voyager, des choix qui s'offraient à elle, mais aussi de ses hésitations, du sentiment d'affolement qu'elle vivait devant tant de voies ouvertes. Elle mentionna qu'elle voyagerait seule pour la première fois, et que cette perspective la rendait anxieuse.

Pendant notre absence au jardin, mes chats avaient reconquis chacun leur place habituelle : Mademoiselle étalait son pelage blanc sur le fauteuil bleu, Tit'Queue dormait entre les pots d'hibiscus et Gribouille jouait les vigies de son coussin à côté de l'escalier. Florence alla les caresser à tour de rôle. Précieuse, Mademoiselle ne broncha pas ; Tit'Queue s'éloigna dédaigneusement, mais Gribouille, lui, roula sur lui-même avec volupté.

Après une seconde tasse de café, Florence accepta un pousse-café. Léandre avoua qu'il aimait bien fumer après les repas. Elle lui confia qu'elle avait toujours chez elle de petits cigares. Léandre lui offrit de quoi fumer. Quelques bouffées plus tard, leurs fous rires s'échappaient comme des borborygmes et la conversation connaissait des dérives hallucinées.

L'alcool de poire et tout le reste m'ayant inhibé agréablement le surmoi, j'ai posé à Florence la question qui me tourmentait depuis des mois : pourquoi était-elle venue vivre à Villery Station ? Elle éclata d'un rire étrange qui me mit mal à l'aise. Sans mot dire, elle fit cul sec du reste de son verre et se leva.

Devant mon étonnement, elle prétexta l'heure, une lessive à terminer, le menu du lendemain à préparer… Elle me remercia de mon invitation et j'ai eu droit à la bise des bons amis.

Lentement, elle refit le nœud de son foulard, puis repartit en toute hâte. Par le jardin. Sans son parapluie.

J'avais gaffé une fois encore. Comme Icare, je m'étais trop approché du soleil.

32

Hier, chez Léandre, je suis allée de surprise en surprise!

D'entrée de jeu, j'ai été stupéfaite de le voir en jeans blanc et polo vert pomme. C'était à ne pas reconnaître Monsieur le Professeur que j'avais toujours vu cravaté et «vestonné», même à 6 heures le matin! Il faut préciser que ses jeans avaient été pressés et portaient l'impeccable pli qui est sa marque de commerce… Mais c'étaient des jeans!

Ce n'était que le début de mes surprises. Mon hôte avait l'air si détendu que j'en ai perdu mon assurance de grande fille délurée. J'étais certaine de trouver chez lui des meubles sombres et sévères: j'ai trouvé un ameublement clair d'une confortable élégance. J'étais convaincue que les murs seraient envahis de livres: je n'ai vu qu'une étagère où s'alignaient des livres d'art. Ces bouquins-là n'avaient pas dormi sur une table à café des années durant pour éveiller l'admiration des visiteurs; ils avaient été feuilletés et refeuilletés, lus et relus. Comme je cherchais la bibliothèque dont j'imaginais les rayons courbés sous le poids des livres, Léandre m'a confié qu'il gardait ses livres à l'étage: « Un livre révèle son lecteur tout autant que son auteur, Florence. Je ne prête donc jamais mes livres, et ils ont leur place là-haut, dans mon intimité. »

Si la présence d'œuvres d'art ne m'a aucunement étonnée, le genre des toiles suspendues aux murs du salon l'a fait. Lumineuses. Jouissives. Audacieuses. Rien pour me rappeler le sérieux souvent rigide de l'ancien professeur de français.

La serre m'a tout bonnement enchantée. La vue qu'elle offre sur le jardin, sa fontaine, ses bancs de pierre et ses sentiers étroits plongeant sous la ramure, est apaisante. Le repas était tout à fait réussi. Y compris le potage de pois chiches à base de bouillon de poulet et de crème, préparé au robot culinaire et servi froid. J'y aurais ajouté du fenouil, je crois. Pour rehausser un peu. Le porc était tendre, les épinards doux, les fromages à point, et j'ai vraiment apprécié la délicatesse du dessert.

J'ai rencontré hier un autre Léandre, bien différent de l'homme qui s'était présenté un jour chez moi à l'improviste. Différent aussi de celui que j'ai recueilli, trempé jusqu'aux os, le matin de la Saint-Jean. Le Léandre avec qui j'ai conversé hier rayonnait. Il devait ressembler beaucoup à l'enseignant de français qui a cherché pendant trente ans à transmettre le meilleur de son savoir et de son enthousiasme à ses élèves. L'homme d'hier devait se rapprocher aussi du voyageur qui quittait Villery pour l'Europe chaque été.

J'ai été bouleversée par la fougue de ses récits et cette étincelle dans le regard quand il se souvenait… Une telle force émanant d'un corps apparemment si frêle a de quoi étonner ! C'est bizarre, mais à certains moments, je l'ai trouvé beau…

« Luxe, calme et volupté ». Le vers de Baudelaire m'est revenu à l'esprit quand, après le repas, nous sommes allés déambuler dans le jardin. Un jardin secret et un secret bien gardé, parce que Léandre m'a laissé entendre que les visiteurs sont rares chez lui ! Il voulait sans doute que je me sente privilégiée.

Ce jardin s'étend sur deux lots. Le père et l'oncle de Léandre avaient acheté, jeunes hommes, deux terrains contigus en vue de se construire chacun une maison pour élever leur future famille. L'oncle est mort avant d'avoir pu entreprendre les travaux de construction et son lot est resté à l'abandon durant des décennies. Léandre l'a acheté en même temps que la maison de son père, ce qui lui a permis de faire d'un terrain vague un joyau de jardin. Contrairement à ce que je croyais, le jardinage est une occupation relativement récente pour lui... Et il s'y est jeté avec le zèle des convertis.

Si un jardin parle d'abord de son jardinier, Léandre est un être subtil, raffiné et d'une grande délicatesse. Son visage disgracieux ? Un trompe-l'œil. Je sais qu'à la naissance, certaines âmes se trompent d'enveloppe...

Tout au long de l'après-midi, j'ai été fascinée par la lumière changeante, mystérieuse qui roulait entre les nuages ou dansait avec la pluie. Puis, après le pastis, le chablis et la poire Williams, l'éclaircie m'a étourdie un peu. Tant de clarté tout à coup !

C'est ce moment que Léandre a choisi pour m'inviter à fumer... un joint. De cette surprise-là, je ne suis pas encore revenue vingt-quatre heures plus tard. J'ai cru d'abord à une blague. Mais la petite « cigarette » qu'il m'a présentée n'était pas l'œuvre d'un néophyte. J'ai accepté. C'était du bon !

— Qui est ton fournisseur ? ai-je demandé entre deux rires. Non. Laisse-moi deviner... Simon ?

— Tu me vois acheter un joint à ce jeune homme ?

— Pas Mario, tout de même ! Oh ! Je vois, Pascaline… Par la petite porte du jardin que j'ai vue tout à l'heure. Elle doit donner derrière la haie, et c'est de là que tu as surgi le jour de l'exposition.

L'œil coquin, Léandre a répliqué :

— La petite porte a eu bien des utilités… mais elle n'a jamais servi au plaisir de fumer.

— Carole, alors… Et c'est pour cela que Marcel l'appelle madame Gazon ?

— Quand Marcel, qui ne fume que des cigarettes dommageables pour la santé, parle de madame Gazon, il pense uniquement à la luzerne qu'il doit lui commander chaque semaine.

Devant mon air dubitatif, il m'a tendu la main, me tirant du fauteuil où je me prélassais, et m'a amenée dans le coin le plus retiré de la serre. C'est là que j'ai aperçu, derrière les hibiscus en fleurs et le laurier en boutons, un chanvre indien dont les doigts effilés buvaient la lumière.

— Dans une serre, en plus !

À côté de moi, Léandre riait, riait…

— Tu en as appris, des choses, de tes élèves, Léandre !

Ensuite, tout est devenu vague. J'entends encore l'écho de nos ricanements, mais je ne me souviens de rien d'autre.

Je me suis retrouvée chez moi à chercher mon parapluie.

33

La galerie penche, l'escalier flanche, la porte de la véranda a perdu sa clenche : la maison qu'habitent Simon et Émilie a tout d'une masure. Écrasée sous des chênes gigantesques, elle étouffait sous la chaleur humide de juillet.

Simon m'a accueillie. Je leur avais promis de venir ce dimanche, vers 14 heures. J'étais un peu en avance. Comme toujours. Relent d'exactitude professionnelle obligée. Nous sommes allés rejoindre Émilie dans le bâtiment à l'orée du bois.

— C'était une sorte de garage ou ben une remise, j'sais pas trop, m'explique Simon.

Il a consolidé le bâtiment pour abriter le petit troupeau de chèvres qu'Émilie a acquis. Il est maintenant en train de l'agrandir un peu pour permettre à Zotique d'être au chaud l'hiver prochain.

— Pour couper le froid, on met des ballots de foin le long du mur le plus exposé au vent. En *gang* de même, y se font leur chaleur. Sans compter que le poil va leur pousser, à ces bêtes-là.

Zotique broutait nonchalamment, un peu plus loin, en plein soleil. Simon m'a indiqué où se trouvait Émilie et il a mené l'âne à l'ombre avant de reprendre son travail de construction.

La double porte de la remise était ouverte. De chaque côté, comme des sourires affables accrochés aux fenêtres, deux jardinières débordaient de fleurs corail. Je suis entrée. Le contraste entre la lumière vive du dehors et la pénombre de l'intérieur m'a désorientée un moment. Puis, j'ai pu distinguer au fond du bâtiment, toute menue au milieu de ses chèvres, Émilie qui s'activait. Comme toujours.

— J'ai presque fini, a-t-elle lancé en m'apercevant. On va…

Le reste de la phrase s'est perdu dans le bruit de la scie circulaire que Simon venait de mettre en marche. L'odeur âcre du foin et des animaux a laissé peu à peu la place à celle du bois fraîchement coupé.

Une chèvre blanche s'est avancée vers moi, trois autres l'ont aussitôt suivie. J'ai caressé leur poil rude. Elles m'ont prise rapidement en amitié. Leurs museaux humides se collaient à mes jambes nues, à mes avant-bras. Drôle de sensation. Deux autres se sont jointes aux premières. Je me suis sentie cernée par leur curiosité qui devenait de plus en plus effrontée.

Un arrêt de la scie m'a permis d'entendre le rire cascadant d'Émilie :

— Sont douces, mais pas mal curieuses.

Émilie a terminé son travail. Douze chèvres, toutes plus nerveuses les unes que les autres, nous ont entourées.

— L'enclos est à l'ombre maintenant, j'vas les faire sortir.

J'ai regardé avec amusement les douze petits derrières se précipiter vers la lumière à la suite d'Émilie qui s'est assurée que la barrière était bien fermée avant de revenir vers moi. Une biquette la suivait toujours.

— Tu veux faire un tour dans le bois? Simon a tracé une *trail.* Elle fait à peu près un kilomètre et demi.

Ravie, j'ai acquiescé. Nous avons pris la sente, suivies de la petite chèvre qui collait à Émilie.

— Celle-là, j'ai dû la nourrir, sa mère l'avait laissée tomber. Elle me lâche pas. Pire qu'un chiot. Toujours agitée. Elle a besoin d'amour, c'est effrayant. Je l'ai appelée Froufrou…

«Sa mère l'a laissée tomber… Toujours agitée. Elle a besoin d'amour…» La biquette aurait pu s'appeler Florence… C'est avec attendrissement que j'ai caressé la tête de la bête, qui s'est alors faufilée toute joyeuse entre Émilie et moi.

Nous avancions lentement. J'ai été surprise de la variété d'essences d'arbres. Émilie me les nommait comme on présente des amis. Les trembles frissonnaient à notre passage. De vieux chênes filtraient la lumière jusqu'à nous plonger dans la pénombre. Mon regard a été assailli par les couleurs du sous-bois. Des champignons démesurés s'allumaient sur un tronc en décomposition: joyaux d'albâtre au milieu de la mousse. Émilie a attiré mon attention sur un nid de corbeaux juché au sommet d'un pin. Tout au long de notre promenade, des panneaux routiers, dérobés à quelque route de l'arrière-pays, nous guidaient avec humour: «*Yield*», «40 km/h», «Stop». Puis, au milieu de la forêt, un nom de rue a surgi sur son rectangle métallique: boulevard des Ambassades. Plus loin, un autre annonçait, après une minuscule clairière: promenade de l'Aviation.

Froufrou se dandinait toujours entre Émilie et moi.

J'étais envoûtée par la gamme des verts qui nous entouraient. À mesure que nous avancions, je distinguais mieux leurs nuances, leur luminosité propre. Ce n'était plus vert. C'était vert bouteille. Vert émeraude. Vert absinthe. Vert sauge. Je percevais des reflets jaunes, des veines de gris, des tons bleutés. Au bout d'un moment, j'ai pu extraire, du fourre-tout qu'est une forêt, le flottement d'une branche, le trait bleu d'un geai, le saut d'un tamia et la réfraction subtile du feuillage dans l'air chaud.

— Je viens ici tous les matins, quand la lumière est encore couchée sur l'horizon. Tout est si différent.

— T'as le temps ?

— Tu sais, Florence, il faut savoir prendre le temps de regarder… si on veut voir.

Nous entrions dans une cathédrale de pins. Entre ces piliers d'écorce, j'avais l'impression que les grandes orgues allaient retentir. Nous étions arrivées au fond du bois. Là, de nouveaux panneaux mettaient en garde contre la rencontre fortuite de chevreuils, d'orignaux… et de tortues. Puis d'autres, flamboyants, indiquaient tour à tour un virage à droite, un passage d'écoliers, un *No Parking*. Le bruit de la scie fissurait maintenant la paix de la promenade. Nous avions bouclé la boucle.

— C'est une cueillette de Simon, tous ces panneaux ?

— Une collection commencée il y a longtemps.

— Ça l'amuse ?

— Il vieillira peut-être, un jour… J'ai préparé du thé glacé. Tu en veux ?

Froufrou avait retrouvé son collier et sa corde à côté de la maison, là où l'herbe était bien rase…

Je suis entrée dans la cuisine. Tout était d'une propreté impeccable. Rien à voir avec le délabrement de l'extérieur. Les murs avaient été repeints, le linoléum reluisait, le comptoir avait été refait à neuf. Un parfum de cannelle subsistait, sans doute échappé d'une fournée de brioches.

Émilie s'est lavé minutieusement les mains puis a versé le thé dans deux verres :

— À la menthe du jardin, sucré au miel de l'apiculteur à deux fermes d'ici, m'a-t-elle précisé avec fierté.

Nous nous sommes assises derrière la maison, sous les ailes d'une épinette géante.

— Après l'abri pour Zotique, Simon va me construire une petite fromagerie. J'ai fait les plans. Rien de fou. Juste l'essentiel. Mais je la veux vitrée d'un côté, ma fromagerie, pour permettre à des visiteurs de voir ce que je fais. Comme ça, je pourrais recevoir des enfants de l'école et leur montrer que le fromage ne vient pas des emballages. Je veux aussi un petit comptoir de dégustation. Juste trois ou quatre tables. Crains pas la concurrence, Florence.

— Dans un an, Émilie, j'aurai regagné Ottawa. Tu pourrais acquérir le Café, tu sais. Pierre-Yves en serait heureux.

— Je serais jamais capable de tenir un restaurant.

— Te serais-tu crue capable d'élever des chèvres et de faire du fromage ?

Émilie sourit, timidement.

Comme elle est solide, Émilie, avec son visage délicat, ses mains fines, ses jambes frêles. Quelle volonté et quelle ardeur elle met dans ce qu'elle entreprend ! Comme elle avance d'un pas assuré sur le sentier qu'elle trace.

Et moi… à côté d'elle. Qui croirait qu'avec mon squelette charpenté, mes mains immenses, mes longues jambes… c'est moi qui suis fragile ? Émilie s'affirme. Avec sobriété et fermeté. Et moi, je triche. Par mon humour acéré et mes répliques cinglantes, je projette une force que je n'ai jamais eue.

Le thé à la menthe terminé, j'ai laissé Simon et Émilie à leur dimanche.

Marcel a frappé chez moi presque aussitôt après mon arrivée. Il avait dû guetter mon retour de la fenêtre de son salon. Officiellement, il venait faire son rapport de détective amateur : il n'avait vu personne laisser de message avant ma venue à la poste. En effet, les jours précédents, je n'avais trouvé aucun nouvel avertissement sur ma boîte aux lettres. Nous n'étions pas plus avancés. Marcel m'a promis de demeurer vigilant. Je lui ai demandé de rester discret. Comme si j'avais honte de ce harcèlement.

— Qui a à se plaindre de ma présence à Villery ?

— Pas Mario… Y t'est dévoué sans bon sens, ce gars-là. Ni Simon ni Émilie, c'est sûr. En fait… on peut tut'suite éliminer le monde qui vient au restaurant.

Je pensais la même chose. Et j'avais depuis deux semaines éliminé Léandre. Les billets ne m'inquiétaient pas vraiment. Mais que quelqu'un me méprise… m'attristait.

— J'vas garder les yeux ouverts. J'ai même changé un *rack* de place pour mieux voir, m'assura Marcel. On finira par « pogner » le malade. Maudit que j'ai honte du village quand y se passe des affaires de même !

— C'est pas la première fois ?

— Ben… Demande à Simon. Lui, c'était des lettres anonymes. Vraiment méchantes. On avait encore un vrai bureau de poste quand y sont arrivés, lui pis Émilie.

Mais cet après-midi, Marcel avait une autre raison de venir parler au Café. Il en avait gros sur le cœur contre sa Pierrette qui, selon ses dires, l'abandonne. Il trouve que sa « carrière » prend trop de place.

— La semaine y suffit plus. La v'là qui doit avoir des réunions à Ottawa les fins de semaine. Une sorte de congrès… J'sus devenu un *nobody* pour elle. Depuis qu'a peut pus jouer les mairesses, j'sus pus utile.

— Vous n'exagérez pas un peu ?

— Un p'tit brin…. Mais Pierrette est pus la même depuis qu'a dirige la résidence.

Je lui ai offert de la tarte aux framboises.

— C'est aussi bon que les tartes de ma mère.

Il n'est guère de plus beau compliment, pour une cuisinière, que la comparaison de ses tartes avec celles d'une mère ! J'ai souri et je l'ai écouté se raconter. Il en avait besoin.

Marcel est retourné aux étés de sa jeunesse à Villery, lui qui était pensionnaire tout au long de l'année scolaire.

— Au Petit Séminaire, madame. Pas au juvénat d'une fabrique de frères comme les autres gars du village qui se sont fait instruire. Non, Léandre pis moi, on était les deux « privilégiés ». Moi, parce que mon père était pas mal en moyens avec ses épiceries. Léandre parce que ses parents se saignaient à blanc. Les Arcand, c'était pas du monde ben riche ; y ont fait éduquer leurs enfants de peine et de misère, les filles y compris ; c'était rare, ça, dans not'temps. Ben, maudit… la moitié d'eux autres sont entrés en religion. Du vrai gaspillage !

Marcel semblait avoir oublié Pierrette et son abandon. Il revivait les premières années au Petit Séminaire.

— On en a eu de la misère là-bas, on a fait rire de nous autres, les deux « habitants » de Villery. Dans la classe, on m'appelait Patapouf; Léandre, lui, c'était « le Lette »… Pendant deux ans, on en a avalé, des couleuvres. Puis, un été, j'ai grandi d'un coup… Grandi à sortir de mes culottes. Comme j'avais en plus transporté des pièces de viande, des « cannages » pis des grosses bouteilles de « liqueurs » pendant deux mois, je m'étais fait des muscles. Léandre, lui, y avait pas tellement grandi, mais y avait travaillé avec son oncle à la construction d'une grange. Lui aussi, y s'était fait des muscles.

En septembre, à la première blague plate d'un frais pet, on s'est mis à deux pour lui servir une volée. Dans la mêlée, y a eu des yeux au beurre noir pis des prunes sur les fronts. Mais on avait réussi à faire comprendre aux snobs de la ville que les niaiseries avaient assez duré. On a été punis ! Mais ça valait la peine en maudit, Florence. C'est ce jour-là que je me suis promis que je me ferais respecter tout le reste de ma vie. Pis j'te dis que ça s'est vu !

Puis, la fierté de Marcel s'est envolée d'un coup. Son visage s'est attristé. Il a ajouté en bégayant :

— Ben... Sauf... sauf ces dernières années. Pis... asteure, y a Pierrette qui en remet. Y a rien qu'elle qui a raison. Y a rien qu'elle qui *ronne*. J'ai pus ma place, on dirait.

Implorant, il m'a regardée :

— Sers-moi donc un autre morceau de tarte, Florence.

Je lui ai parlé santé. Il a insisté.

— Qui êtes-vous venu voir cet après-midi, Marcel ? La restauratrice ou l'amie ?

Il a hésité :

— Ben... L'amie, j'suppose.

— Si c'est l'amie, la réponse est non.

— J'peux-tu fumer, d'abord ?

Un enfant. Un enfant de soixante-dix ans, abandonné à lui-même un dimanche après-midi d'été. Je suis montée à ma chambre, j'ai sorti du tiroir de ma table de chevet la boîte où je garde les cigarillos de mon caprice hebdomadaire, et je suis redescendue avec un cendrier.

À la table de cuisine, Marcel m'attendait, briquet à la main.

34

J'ai attendu tout juillet la visite promise par mes « amis » de Radio-Can. En vain. Rien reçu. Pas même un courriel. Plus se raffinent les moyens de communiquer… moins nous communiquons. En fait, on communique tellement… qu'on semble ne plus avoir le temps de se rencontrer. Et cette remarque s'applique le plus justement du monde aux grands prêtres du temple de Mercure, dieu des Communications.

Malgré les années à suer ensemble, jour après jour, et à servir aux offices de la religion médiatique, le constat est clair et cruel : mes « amis » m'ont laissée tomber. Ça me rend un peu amère. Je leur ai cherché des excuses jusqu'à la fin de juin. Puis je me suis dit que la route des vacances les avait avalés. Voici qu'a presque sonné l'heure de la rentrée et je n'ai toujours pas de nouvelles. À partir de maintenant, le tourbillon professionnel va les happer pour de longs mois. S'ils ne sont pas venus… c'est qu'ils ne viendront plus.

Ils vivent dans l'instant, là où même la fidélité est éphémère. Non, ils ne vivent pas dans l'instant, ils courent après le suivant. Celui qui sera tellement plus intense et « plus super ». L'ultime, l'extrême, l'optimal. Celui qui les verra plus *sexy*, mieux installés, plus connus et plus riches. Ce moment qui sonnera enfin le début de la vraie vie... L'instant succède à l'instant, et c'est déjà hier.

On ne finit jamais de s'essouffler pour tenter de s'accrocher à ce lendemain qui chantera peut-être... pendant que la vie nous échappe comme un ballon sans ficelle. On remet sans cesse sa vie à plus tard.

Dimanche dernier, il faisait un temps superbe. Pour une fois ! Assise dans ma petite cour fleurie, un café à la main, je regardais passer les voitures sur la route... Je suis demeurée longtemps à les observer tracer des traits d'union fugaces entre les monuments funéraires, puis disparaître dans la pinède au bas de la pente.

J'ai laissé le rythme simple de la vie s'infiltrer en moi. Le café a eu le temps de refroidir dans la grosse tasse. Malgré la chaleur. Je l'ai siroté. Personne ne s'était arrêté.

Ce fut le dernier dimanche où j'ai attendu. Il m'en a fallu, du temps, mais j'ai compris : Florence Santerre a été rayée de la carte du copinage circonstanciel des saisons télévisuelles. Une autre équipe a été formée. Une autre cellule étanche s'est recréée. Sans moi. Un ami est irremplaçable. De copains, de copines, on change rapidement. Comme de bobettes. Et c'est le copinage qui m'a servi d'amitié pendant trop longtemps.

Pas eu vent de Josiane. Ni de Vincent. Eux aussi, sans doute, n'auront été que des copains, même si ma candeur leur donnait un autre nom.

Je suis allée à mon ordinateur. La rage aux doigts, j'ai tapé un dernier message à Josiane. Le « der » des « der ». Bref. Aussi amer que cinglant.

DE : flosa@internaute.on.com
27 juillet 2008 15:26:55
À : jomar@yohaha.ca
OBJET : Dernier mot

Josiane…
Ta manière de mettre fin à notre « amitié » manque vraiment d'élégance.
Il existe des silences nobles, d'autres vulgaires.
Jo, tu manques de classe !
Florence

Je n'espère plus de réponse de ces mariniers qui ne cessent de bourlinguer d'un continent à l'autre.

Me voici hors circuit. J'ai raté ce bateau-là… Comme tous les autres.

35

17 août
Il abusait de la permission d'être laid.
Marquise de Sévigné

FLORENCE ET MOI avons maintenant nos petites habitudes en dehors de mes visites au Café : nous mangeons en tête-à-tête le dimanche. Le midi ou le soir. Chez elle ou chez moi.

Aujourd'hui, j'ai insisté pour sortir de Villery. Nous avons arrêté à Cumberland, à l'ancienne demeure d'un médecin convertie en restaurant italien. Les jardins m'y ont attiré. Les jardins et la terrasse couverte de l'étage, d'où l'on peut voir l'Outaouais et les collines de la Gatineau qui, ce jour-là, s'étiraient sous un voile bleuté.

Nous avons pris la dernière table libre là-haut. Quelques minutes après notre arrivée, une pluie tiède s'est mise à tambouriner sur la toile de l'auvent. Autour de nous, une quinzaine de personnes mangeaient, buvaient, conversaient dans le respect des autres et des convenances élémentaires. Mais…

Comme à toute règle, il fallait des exceptions.

À la table d'à côté, un homme mangeait goulûment d'une main et tenait un téléphone portable de l'autre. La bouche pleine, il vociférait des reproches à une interlocutrice que Florence jugea fort patiente de n'avoir pas encore raccroché.

— On n'entend plus que cet ours mal léché qui nous impose sa présence ! dit Léandre, irrité.

— Il a la discrétion d'un videur de bar jouant du tuba au milieu de la nuit.

Florence possède un sens incisif de l'image. Elle m'amuse. De plus, comme disait ma mère, « elle n'a pas l'esprit présent en retard ». Ça aiguise mon propre sens de la réplique. Je me plais de plus en sa compagnie.

À deux tables d'eux, une famille attendait son repas : le père, la mère, la grand-mère et des jumeaux de six ou sept ans, du genre agités chroniques qui n'ont jamais entendu un « NON » ou un « ÇA SUFFIT ! » lancé avec la dose de sérieux qui distingue l'ordre ferme de la suggestion mollasse. Florence observait ces deux spécimens prometteurs de malappris de bonne famille. Les galopins grimaçaient dans le dos du serveur et, à temps perdu, suçaient bruyamment les pâtes qui refroidissaient dans leur assiette. Aucun des adultes apparemment civilisés qui les accompagnaient ne semblait vouloir se risquer à leur suggérer de s'asseoir.

— Le savoir-vivre ? Le décorum ? Périmé ! regretta Léandre sur un ton qui aurait sûrement exaspéré Carole Faubert.

Florence ne s'offusqua nullement de la remarque et en rajouta même :

— On lui préfère le savoir-faire. Celui des experts qui pullulent comme des locustes dans un champ de sorgho.

— Et le « faire savoir ». Synonyme, paraît-il, d'information.

— Je sais… J'en vis ! approuva-t-elle.

Le serveur arriva avec le plat principal et remplit les verres de vin. Ce début de conversation avait mis Léandre en verve.

— Narcisse campe au bord de sa source. Il ne la quitte plus. Il nous livre ses *feelings* et roucoule ses flashs, nous faisant don de ses humeurs au goutte-à-goutte.

— Attends, Léandre, de découvrir toutes les facettes d'Internet. On s'y filme l'ego, on se blogue l'opinion, on s'écoute les borborygmes cérébraux, on se digère lentement soi-même.

Léandre pensa un moment remettre à plus tard son adhésion prochaine à la modernité cybernétique !

— Ça t'intéresse, les élucubrations des narcisses de ce monde ?

— C'est mon métier de le faire croire…

Ils levèrent leurs verres à Narcisse et aux deux petits monstres qui couraient maintenant entre les tables de la terrasse, grimpant sur la rambarde au risque de plonger dans le vide.

Léandre lança l'idée de parier sur leur audace.

— Ils vont renverser le vase de fleurs, d'ici à cinq minutes.

Ils le firent. À trois minutes quarante-cinq secondes.

— Ils vont heurter la bouteille de grand bordeaux de la table voisine, paria Florence.

— Combien de temps tu leur donnes ?

— Le temps de finir mon risotto.

— Sois plus précise.

— Cinq minutes.

Florence perdit : ils prirent six minutes pour réussir.

Les serveurs ramassaient, essuyaient. Les petits rois se bousculaient en ricanant. Indifférents au remue-ménage ambiant, les parents conversaient pendant que la grand-mère roulait inlassablement ses fettuccinis Alfredo, oubliant de les porter à la bouche.

Un serveur moins timoré que les autres intima aux enfants l'ordre de regagner leur chaise. Les petits rois lui tirèrent la langue, mais contre toute attente, ils obtempérèrent. Revenus à leur assiette, ils se mirent à pêcher les légumes dans la sauce et à enfourner leurs pâtes avec leurs doigts.

Soudain, la famille prit conscience de l'existence de ses enfants. La mère se leva et disparut avec eux pendant que le père pianotait sur la nappe en attente de l'addition et que la grand-mère sortait sa carte de débit.

Nous en étions au tiramisu. Il n'y avait plus que Florence et moi sur la terrasse. Nous n'entendions plus que le bruit régulier des voitures qui filaient sur la route 174. J'étais presque heureux. Le soleil parut. Nous avons parlé de la vie.

Florence confessa avoir raté la sienne.

— J'avais de l'idéal, mais pas de plan de carrière. Alors…

— Quelle expression démodée ! Tu devrais savoir, Florence, que de nos jours, on vise des objectifs.

— Un objectif, c'est un idéal, non ?

— Oui, un idéal auquel on a coupé les ailes.

Florence se tut. Léandre ajouta :

— Nous sommes tous des ratés. Toi, moi. Marcel a raté sa vie. Pour Pierrette, tout est arrivé trop tard. Diane, la mère de Pascaline, a vécu par procuration. Carole se cherche encore. Mario croit dur comme fer que le bonheur n'arrive que par le grand amour. Il n'y a que Julie et Émilie qui n'aient pas raté leur vie. Et pour Simon, s'il se réveille à temps… tout est encore possible.

— Toi, tu considères que tu as raté la tienne ?

— Moi, j'ai cru en la culture et la littérature. J'en ai bu à m'enivrer. J'ai voulu, par elles, donner des raisons d'être et de vivre à mes élèves. Les aider à comprendre qui ils sont. Les aider à se construire. J'ai voulu leur apprendre à réfléchir grâce à des histoires qui pouvaient les toucher. C'est mon échec le plus retentissant.

— Il y en a eu d'autres ? demanda Florence, mi-figue mi-raisin.

Léandre lui fit promettre de ne pas rire de sa candeur, et expliqua :

— Je voulais faire de Villery un lieu de convergence artistique, ouvrir un centre culturel où les jeunes pourraient être poussés à aller plus loin dans l'expression d'eux-mêmes. J'avais la foi. Foi en eux et en nous, en ce que nous étions : des gens qui ne demandaient qu'à s'affirmer, qu'à échapper à l'étroitesse imposée par l'Histoire. Mais si on peut mener un cheval à l'abreuvoir, on ne peut le forcer à boire. Je n'ai pu transmettre ma vision. Tout cela s'est terminé en macramé et en peinture par numéros !

— La culture populaire, ça n'a rien de méprisable.

— La culture se doit d'être mémoire et signification.

Après un moment de réflexion, Florence répondit :

— On parle sans cesse de culture. On se bat pour elle. Mais on se garde bien de la définir…

— On se contente de patiner autour du pot de la rectitude politique.

Florence chercha à consoler Léandre de ce qu'il appelait son échec.

— Il y a Pascaline… C'est toi qui as fait jaillir l'étincelle. Elle m'a dit que tu lui rapportais des livres d'art de tes voyages.

— Peut-être…

— Tu as au moins un fleuron à ta boutonnière.

Ils terminèrent leur dessert en silence. Florence restait songeuse. En hésitant, elle confia finalement :

— Moi, mon échec, c'est de ne jamais avoir appris à m'aimer. Alors, j'ai cherché à plaire à tout prix. Je voulais qu'on m'aime beaucoup pour être en droit de m'aimer un peu. J'ai toujours cherché à me perdre dans l'autre. À m'oublier. J'ai tout confondu. Je confonds encore tout. Et j'ai tout perdu.

— Tu es trop dure envers toi-même.

— Même à Villery, je patauge dans la même eau. J'ai dit oui à tout et à tous. Je me suis laissé envahir par le restaurant pour répondre aux besoins de celle-ci et de ceux-là. Je ne sais danser que sur la musique des autres.

Léandre lui tapota la main. Amicalement. Le soleil resplendissait. Ils s'attardèrent devant un second expresso. Florence reprit :

— J'ai cru de toute la force de mes dix-huit ans à la beauté du monde. Une beauté qui n'avait rien à faire avec l'obsession esthétique du corps qui nous harcèle maintenant…

— L'accent sur cette beauté-là est une injure répétée envers ceux qui, comme moi, sont nés laids.

Florence rougit comme si elle avait gaffé. Léandre comprit et tenta de la rassurer par un peu d'humour.

— Les fées qui se sont penchées sur mon berceau avaient sans doute un peu trop bu. Comme moi aujourd'hui. Elles ont décidé de faire une mauvaise blague. Et en tant que mauvaise blague, je suis une réussite. Je ne peux faire illusion.

— Léandre…

— Je ne suis pas standard. Dans notre société, hautement conformiste malgré ses airs de libertaire, je le vis comme un honneur !

Cette fois, c'est Florence qui posa sa main sur celle de son compagnon de table. Comme pour le consoler d'un grand malheur.

— Je n'ai pas un si vilain nez, continua Léandre. Ni trop long ni trop court. Mes yeux sont moyens ; ma mâchoire normale ; mes oreilles bien proportionnées et mes lèvres fort bien dessinées. Le hic ? Le nez ne va pas avec le menton qui trouble mon sourire, fait sourciller mon regard et prive cruellement l'ensemble d'harmonie.

Alors on dit de moi : « Comme il est laid ! » Et l'on ajoute : « Quel charme il a dû déployer pour attirer une aussi belle femme à ses côtés ! »

Florence a retiré sa main, gênée et un peu triste. Quand nous avons traversé la salle du rez-de-chaussée, notre couple insolite attirait les regards des clients attardés. J'étais fier. Mais trop gris pour reprendre le volant. Florence a suggéré que nous marchions un peu. Nous avons traversé le village, et nous sommes descendus jusqu'au quai de la rue Cameron.

La lumière était réjouissante. Le traversier semblait n'attendre que notre arrivée pour larguer les amarres. J'ai payé deux passages piétonniers pour Masson-Angers. Près de nous, un hydravion s'est envolé, immense canard argenté filant sur l'indigo profond de l'Outaouais. Comme nous nous éloignions de la rive, le ciel s'est brusquement refermé. Le soleil disparu derrière de gros nuages, l'eau a pris des reflets métalliques. Nous n'avons pas parlé pendant les dix minutes de la traversée et sommes revenus — sans escale — à Cumberland.

Quelques minutes après le départ de la rive québécoise, les rouleaux de nuages se sont dépliés et une pluie torrentielle s'est jetée sur nous. Un automobiliste nous a offert l'hospitalité de sa voiture, que nous avons déclinée en riant. Trempés jusqu'aux os, nous sommes restés appuyés au bastingage, sous le regard ahuri des passagers à l'abri dans leurs véhicules. Ils ont dû nous croire complètement déments.

Dégrisés, riant encore comme des enfants qui s'attardent sur le chemin des écoliers, nous avons regagné la voiture. Renouvelés.

36

La nuit dernière, une pluie violente s'est déchaînée contre la fenêtre de ma chambre. Elle m'a tenue éveillée assez longtemps pour que le passé m'assaille. Celui-là, il sait profiter insidieusement des heures fragiles pour allumer les replis de la mémoire.

J'ai revu une fois encore le sombre couloir de mon enfance et les rectangles de lumière que Corinne s'acharnait à éteindre en refermant la porte coupable. J'ai, avec l'anxiété d'autrefois, guetté l'arrivée de papa Charles, le nez écrasé contre la vitre de la fenêtre du salon. Cinquante ans plus tard, j'ai attendu avec la même impatience l'heure de retrouver maman, dans le lit aux draps froissés. J'ai rêvé, comme alors, de me coller contre elle le temps d'un conte et de sentir son odeur chaude et rassurante quand elle enveloppait mes épaules du châle bleu qui ne la quittait jamais.

Je me suis souvenue d'une soirée d'août avec papa Louis et Corinne. Nous étions allés sur le mont Royal observer les étoiles filantes qu'il appelait les « larmes de la Saint-Laurent ». Louis donnait des noms à tous les lumignons que j'observais là-haut. Il me parlait d'ourses, d'étoile du nord, d'étoiles du soir et du matin. Et quand l'une de ces étincelles s'échappait tout à coup, je pleurais, inquiète de savoir où tomberait cette étoile décrochée du ciel. J'ai entendu sa voix de baryton me répondre comme autrefois : « Elles ont plongé dans tes yeux pour que ton regard brille. » Je l'avais cru. Le lendemain, j'avais observé mon visage dans la glace jusqu'à ce qu'une étincelle de lumière s'y reflète… Papa Louis était vraiment un magicien !

Je me suis finalement endormie.

Midi. On frappait sans relâche à la porte d'entrée. Encore ensommeillée, j'ai enfilé un peignoir et je suis descendue ouvrir.

C'était Josiane.

Vêtue d'un ensemble minimaliste éclatant et juchée sur des sandales à semelle épaisse, elle avait, dans l'embrasure de la porte, l'allure d'un flamant rose qui aurait confondu Villery avec un marais de la Floride.

— Tiens… de la visite rare ! ai-je lancé avec froideur.

Véhémente, Jo a aussitôt rétorqué :

— Je suis venue t'expliquer ce silence que tu trouves vulgaire.

— C'est très délicat de ta part. Tu veux un café ?

— Non. Je suis pressée.

— Je te reconnais bien là !

J'ai quand même mis l'eau à chauffer. Jo s'est mise à inspecter le restaurant d'une moue dédaigneuse. Comme elle triturait le bout d'une nappe entre ses doigts pour juger du tissu, j'ai précisé :

— Coton ciré. Pas cher.

Elle s'est dirigée vers la cuisine, et après avoir jeté un regard circulaire sur la pièce, elle a clamé avec arrogance :

— Et c'est moi qui manque de classe !

— Alors explique-toi, Jo. Je suis tout ouïe !

Elle s'est approchée de la porte-fenêtre.

— Tu vis dans un cimetière ! Je ne sais trop pourquoi, mais ça ne me surprend pas !

— Les morts sont des voisins paisibles…

Malgré le refus de Josiane, j'ai versé le café dans deux tasses. Machinalement, elle a déposé son sac à main sur la table et a saisi celle que je lui tendais. Après une gorgée, elle a jeté sur moi un regard inquisiteur :

— Mon silence est peut-être vulgaire, mais je ne mens pas comme je respire, moi.

— Ce qui signifie ?

Elle avait bien reçu mes courriels. Elle avait aussi lu mon texte dès son retour d'Espagne. Avec intérêt au début. Avec colère ensuite. Puis avec rage. Un sentiment par étape : Josiane est une femme qui analyse minutieusement ses émotions.

Puis, tout en parlant, elle s'est mise à arpenter la pièce. Soudain, elle s'est écriée :

— Arrête de jouer, Florence. Ton Maxime époux d'une grande malade, ton Maxime mort à Bruxelles dans tes bras, ton Maxime pleuré depuis des années : je t'annonce que je l'ai rencontré, bien vivant, sur la Costa Blanca. Il y habite avec la femme qu'il a épousée, il y a trente-cinq ans.

J'étais abasourdie.

Un long monologue suivit. Chacune de ses phrases sifflait à mes oreilles. Je tentais de paraître indifférente et je buvais avec le nez dans ma tasse.

Jo et Vincent étaient depuis quelques jours à la villa de leur ami cinéaste quand, un soir, lui et sa femme ont décidé de leur présenter un couple de Canadiens installés à quelques propriétés de la leur. Il s'agissait de Maxime Trudel, un élégant sexagénaire, et de sa femme Lise Gendron, une sportive tout en muscles, au teint buriné par le soleil et les bains de mer.

— Un beau couple en santé, résuma-t-elle.

Habile, expérimentée et charmeuse, Josiane avait réussi sans mal à s'assurer que le Maxime Trudel d'Espagne était bien celui dont je lui avais parlé.

— Où finit la vérité et où commencent tes mensonges, Florence ? hurla-t-elle.

— Tu voulais une trame d'émotions. Tu l'as. En noir sur blanc. Tu voulais une recette pour faire pleurer les ménopausées en panne de volupté : tu l'as. Mon mélo est parfaitement vraisemblable. Qu'est-ce que tu veux de plus ? Qu'il soit entièrement vrai ?

Je suis allée au comptoir me verser une seconde tasse de café. Elle s'est remise à arpenter la pièce. Nous nous sommes fait face au bout de la table. Raide comme la vertu, elle s'est enquise :

— Qu'as-tu à ajouter ?

— Tourne-le au plus pressant, ton fichu film. Et n'oublie pas de fournir des papiers mouchoirs à la sortie du cinéma. À moins que tu aies décidé d'en faire une télésérie ?

Frappé soudain d'incompréhension, le flamant rose est resté immobile devant moi un lourd moment avant de susurrer, la voix chancelante :

— Pourquoi m'avoir menti ?

— Parce que tu m'as toujours utilisée, Josiane. Depuis le début. Ma candeur t'a servie. Et je t'ai laissé faire parce que je croyais qu'il fallait payer l'amitié.

— Ça va pas, toi, hein !

Le ton était arrogant. Elle affichait une moue dédaigneuse. Les vieilles frustrations me remontaient à la gorge. J'enchaînai :

— C'est à même mes suggestions d'entrevues et mes réflexions au bas de mes rapports de recherche que tu as forgé ta réputation de perspicacité dans le milieu. J'ai été ton faire-valoir quand nous étions des célibataires en goguette. J'ai accepté, année après année, de jouer la gouvernante aux cuisines lors de tes réunions d'affaires déguisées en célébrations du Nouvel An pour que tu puisses briller sous le grand lustre de ton salon sans t'abaisser à penser caviar, champagne et petits fours.

J'ai repris mon souffle. Josiane me toisait, le menton en l'air. Alors, possédée d'une terrible envie de vengeance, j'ai craché tout ce qui me restait de venin :

— Et si tu ne l'as pas encore compris, je t'annonce que Vincent et moi, c'était bien autre chose que de la sympathie entre collègues de travail. S'il a répondu à tes avances, c'était par ambition. Et il a joué un long moment sur les deux tableaux.

Elle m'a foudroyée du regard en criant, hystérique :

— Moi qui te croyais mon amie !

— Quand je me suis effondrée après le départ de Maxime, où était-elle, mon amie Josiane ? Elle a réagi par un mutisme de deux mois. Elle attendait que je reprenne du poil de la bête, parce que les vraies émotions, les malheurs à chaud, les drames en train d'être vécus, madame la productrice ne les supporte pas. Elle ne s'émeut qu'à l'étape du synopsis ou du scénario.

Josiane s'est écroulée sur la première chaise. Je n'étais nullement émue devant ses larmes. Je me sentais vidée de toute tendresse pour elle. Entraînée par une colère trop longtemps endiguée, je me suis acharnée :

— Si tu en as l'audace, Josiane, demande au beau Maxime où se situe la vérité. Il saura peut-être te répondre, lui.

Josiane est revenue au comptoir chercher son sac et l'a tenu serré contre elle comme si j'allais le lui arracher. D'un geste lent, je lui ai indiqué la porte.

Au moment où elle s'apprêtait à sortir, j'ai lancé mon dernier pavé dans la mare :

— Imaginer… mentir… broder… fantasmer… fabuler… ou taire la vérité, c'est quoi la différence ? Les mots peuvent raconter toutes les vérités. Au fond, dans nos vies comme dans tes films, on jongle tous avec des reflets de vérité. On joue tous à la téléréalité qui, elle, n'a rien de réel.

Elle s'est enfuie, furibonde. Vincent l'attendait dans la voiture. Il a tourné brusquement la tête pour que je puisse croire qu'il ne m'avait pas vue. J'ai haussé les épaules. « Le propre de l'homme, ce n'est pas le rire, c'est la lâcheté », ai-je pensé, écœurée.

J'ai refermé la porte sur vingt-cinq années de vie. Je suis montée à toute allure à ma chambre : j'avais la nausée.

37

24 août

Ne pas voir que nous sommes fragiles et éphémères,
c'est [...] renoncer à être ce que nous sommes.
Jean-Claude Carrière

La pluie de la nuit avait redonné au Scotch son impétuosité printanière. Sur la passerelle, j'étais resté un moment à l'écouter...

Florence avait dit 16 heures. J'étais à l'heure. J'ai frappé plusieurs fois sans obtenir de réponse. Pourtant sa voiture était garée dans l'entrée. Florence semblait avoir oublié ma venue. J'ai contourné la maison, la croyant au jardin. L'une des plates-bandes aménagées par Julie avait été piétinée. Les briques qui bordaient le jardin avaient été déplacées et formaient une croix. Sous l'une d'elles, une feuille de papier avait été glissée. Je l'ai prise. Le message ordonnait à Florence de quitter Villery dans les vingt-quatre heures. Je suis allé vers l'arrière de la maison. Il n'y avait personne, mais les meubles de jardin avaient été renversés et éparpillés dans la cour.

Inquiet, j'ai couru à la porte de la façade. Elle n'était pas verrouillée. Je suis entré en appelant. Aucune réponse n'est venue. J'ai déposé sur le comptoir les bouteilles de vin que j'avais apportées: deux tasses de café y avaient été abandonnées. J'ai appelé de nouveau.

Ce silence de la maison après le désordre du jardin m'angoissa. En appelant toujours, je suis monté à l'étage.

Léandre découvrit Florence allongée sur son lit, recouverte d'un drap de satin. Elle restait immobile. Il craignit le pire. Il se rapprocha, saisit doucement sa main :

— Florence… Florence… Es-tu malade ?

Elle sortit lentement de sa torpeur.

— Léandre ?

Il s'empressa d'expliquer que seule la crainte qu'il lui soit arrivé quelque chose lui avait donné l'audace de faire intrusion dans sa chambre. Florence le rassura sans retirer sa main de la sienne.

— J'ai trouvé ça, dit-il en tendant le papier trouvé au jardin.

Florence lut et ses yeux s'emplirent de larmes :

— Encore !

Léandre décrivit le piteux état de la plate-bande et Florence lui parla des nombreux billets qu'elle avait trouvés scotchés sur sa boîte aux lettres.

— Pourquoi ne pas m'en avoir parlé ?

— Je croyais que tout cela allait cesser.

— J'ai ma petite idée sur la provenance de ces menaces. Rassure-toi et laisse-moi faire.

Après quelques hésitations, Florence fit part à Léandre de la visite choc qu'elle avait reçue. Elle lui avoua l'ambiguïté dans laquelle elle nageait :

— Libérée d'une part. Révoltée de l'autre.

Elle s'est expliquée en révélant à Léandre de grandes tranches de son passé : la camaraderie avec Josiane, l'amitié amoureuse avec Vincent… et la passion avec Maxime. Elle cherchait à analyser sa réaction à la demande de raconter son histoire d'amour que Josiane lui avait adressée, l'hiver dernier.

— J'aurais pu dire non. Simplement. Mais je me suis sentie obligée d'y répondre. J'ai agi comme les impuissants, les soumis, les faibles: j'ai obéi servilement. Encore cette réaction d'orpheline qui veut se faire aimer à tout prix.

Léandre était toujours assis sur le bord du lit et Florence s'était redressée sur ses oreillers. Elle poursuivit ses confidences.

Après trois ans de passion, Maxime semblait vouloir s'éloigner. Depuis un moment déjà, Florence entretenait des doutes face à certaines explications de son amant. Alors qu'elle le savait à Washington pour plusieurs jours, elle s'était rendue dans le quartier où il résidait à Ottawa. De la rue qui menait à la Place Gainsborough où il habitait, il était facile d'apercevoir sa maison et une partie de la propriété. C'était un quartier calme que mai fleurissait de pommiers blancs. La seconde fois que Florence était venue, c'était à la brunante et la maison baignait dans la pénombre. Elle avait vu arriver une auto sport. Une femme en était sortie, une raquette de tennis à la main. La femme était entrée et les lumières du vestibule avaient éclairé la façade. Puis les lampes des autres pièces s'étaient allumées à leur tour. De son point d'observation, Florence avait suivi la femme du rez-de-chaussée à l'étage. Il ne semblait pas y avoir de grande malade dans cette maison... ou alors, on la négligeait honteusement!

Florence était rapidement devenue accro de l'espionnage. Quand elle savait Maxime au loin, elle ne rentrait plus chez elle après le travail sans passer par le quartier de son amant. Une fin d'après-midi, comme elle remontait la rue vers la place, elle avait aperçu la joueuse de tennis en compagnie d'un homme qui installait la pancarte d'une agence immobilière. Il n'y avait plus de doute: Maxime lui cachait bien des choses. Elle l'attendait de pied ferme.

Mais, à son retour, il avait parlé de la Belgique où il devait se rendre en juin. Il promettait d'étirer son voyage de quelques jours pour qu'elle le rejoigne là-bas. Sa voix était douce. Ses bras invitants. Florence avait décidé de mettre ses interrogations sous le boisseau. Tout s'expliquerait peut-être. Mais les doutes l'avaient assaillie à nouveau quand Maxime était parti deux semaines avant la date prévue pour Bruxelles, prétendument pour remplacer un collègue dans la préparation de la rencontre.

La saison télévisuelle étant terminée, Florence avait tout son temps. Se faisant passer pour une acheteuse potentielle, elle s'était rendue au bureau de l'agence immobilière. Elle avait appris que les propriétaires s'étaient fait construire cette demeure une vingtaine d'années auparavant, qu'ils l'avaient très bien entretenue, et qu'elle était décorée avec goût car madame possédait jusqu'à tout récemment une entreprise de décoration intérieure fort prospère. Quelques sourires équivoques plus tard, Florence apprenait aussi que le prix était négociable, car monsieur prenait sa retraite à l'été. Le couple allait s'installer en Europe et souhaitait le faire le plus rapidement possible. Quand désirait-elle se rendre sur les lieux ? « Mais tout de suite », avait répondu Florence, bien décidée à voir la vérité en face.

Elle était entrée en tremblant dans la véritable vie de Maxime. Elle avait examiné les livres de sa bibliothèque, commenté les tableaux du salon, contemplé la vue du solarium, observé la grande chambre des maîtres. Elle avait mal, mais elle insistait pour tout voir comme on mord avec plus de force pour tuer la douleur quand une rage de dents s'acharne.

Après avoir visité la maison de la cave au grenier, elle avait demandé à revoir la chambre à coucher. Pour répondre à un appel téléphonique pressant, l'agent avait fait signe à Florence d'aller de l'avant. Sans préméditation, elle avait succombé au plaisir de la revanche : elle avait versé dans le lavabo de monsieur le contenu d'un dispendieux flacon d'eau de Cologne, bariolé un col de chemise de son rouge à lèvres et tracé un F majuscule dans le vernis de sa table de chevet avec la bague qu'il lui avait offerte pour célébrer une année de passion. Le F pourrait être traduit comme une signature ou un ordre… !

Quand ils avaient quitté la propriété, Florence était si radieuse que l'agent avait cru qu'une offre d'achat serait formulée dans l'heure.

Les jours suivants, au téléphone avec Maxime, Florence avait su camoufler ses sentiments. Elle le faisait frétiller au bout de sa ligne, roucoulant comme une amoureuse transie. De son côté, parce que c'était le rôle dans lequel il excellait, Maxime promettait d'être son chevalier servant : il l'attendrait à l'aéroport même si ce vol arrivait très tôt le matin ; il avait réservé cinq nuitées au chic hôtel où elle exigeait de séjourner ; il s'était procuré des billets pour divers spectacles et lui garantissait, de plus, une superbe surprise.

Elle aussi…

Florence n'avait jamais pris l'avion pour Bruxelles. Elle était restée enfermée dans son condo, à Ottawa. Maxime avait téléphoné à plusieurs reprises. Elle écoutait les messages inquiets puis désemparés qu'il laissait et s'était amusée de son désarroi. Puis, elle n'avait plus écouté les messages… et ne s'était plus du tout amusée. La honte l'avait envahie. La honte d'être demeurée, à cinquante ans, une petite fille candide qui cherchait toujours le prince charmant. La honte d'avoir été trompée. Et elle ne voyait, dans sa vie, personne à qui avouer cette histoire humiliante. Personne en qui elle aurait eu assez confiance pour se mettre à nu sans peur d'être ridiculisée. C'était à ce moment-là qu'elle avait compris que peut-être ni Josiane ni Vincent ne répondaient à l'idée qu'elle avait d'un confident.

En désespoir de cause, elle avait quand même fait appel à eux. Leur désistement avait été un coup d'assommoir de plus.

Elle avait vécu un été derrière des rideaux tirés, la porte du balcon bien verrouillée, de peur de répondre à l'envie d'en finir. Un été à vivre à l'imparfait, à repasser dans sa tête chaque rencontre avec Maxime pour tenter de détecter une faille dans le discours, dans la voix, dans le regard, dans les gestes qui aurait pu l'alerter plus tôt. Un été à tenter de fuir ce passé humiliant.

Et puis il avait fallu reprendre le travail…

— Une autre erreur de parcours, confia-t-elle à Léandre pour conclure.

— Face à sa faiblesse de roseau, l'humain s'expose à deux types d'erreur, Florence : la taire ou la travestir.

— Toi, ta fragilité tu la tais ou tu la travestis ?

— Je l'encadre… ce qui n'est pas une erreur, mais un recours.

— Moi, je crois que je viens de l'étaler. J'espère que ce n'était pas une erreur…

Léandre, qui lui tenait toujours la main, l'attira à lui et la serra dans ses bras.

— Je crois que tu es mon seul ami. Le seul que je n'aie jamais eu.

Ému, Léandre quitta l'étage pendant que Florence faisait sa toilette. Après avoir déposé les bouteilles de rosé au frigo, il prit un chiffon et alla dehors sécher les chaises et la table de jardin et les remettre en place.

Florence descendit vêtue d'un T-shirt et d'un pantalon blancs avec au cou un fichu jaune rayé de marine. Sans bijoux, les cheveux encore humides et les yeux rougis, elle apparut plus orpheline que jamais à Léandre. Ils sortirent.

Tristement, Florence constata les dégâts de la plate-bande.

— Pourquoi ?

— Pour qui vivote recroquevillé sur lui-même, le moindre changement au décor devient une menace. Tu as dû faire peur à certains… ou certaines.

— La plate-bande est à refaire et…

— Je m'en occuperai. On ira ensemble chez Julie choisir de quoi faire oublier cette visite.

Ils revinrent dans la cuisine. Florence mit le rosé dans un seau à glace ; Léandre prit les deux verres qu'elle avait retirés de l'armoire et ils gagnèrent la terrasse.

Le soleil déclinait. Ils burent en silence. Puis Léandre osa :

— Pourquoi es-tu venue à Villery, Florence ?

Cette fois, Florence répondit avec la spontanéité de quelqu'un qui n'a plus rien à cacher :

— Une fuite. Une autre. Et peut-être aussi pour tenter de trouver… un sens à ma vie avant… qu'il ne soit trop tard.

Léandre échappa un rictus.

— J'ai dit une sottise ?

— La vie n'a pas de sens, Florence. Elle n'a qu'une direction : la mort.

Florence arqua les sourcils, et avec une pointe de sarcasme dans la voix, elle ajouta :

— Tu crois au paradis où seront récompensées les bonnes âmes ?

— Non.

— En Dieu ?

— Certainement pas en un dieu capable d'inventer le monde dans lequel nous pataugeons. Ce dieu manquait de cœur à l'ouvrage ou carrément de talent. J'aime mieux croire en la mort.

Instinctivement, ils tournèrent leur regard vers le cimetière.

— Tu as raison, Léandre, elle semble beaucoup plus rassurante que la vie…

38

3 septembre

Le savoir n'est pas rassurant.
Avec lui on n'en finit jamais.
Jean-Claude Carrière

JE SUIS ARRIVÉ AU 21E SIÈCLE, il y a trois jours et trois nuits. Comme promis, Florence est venue organiser mon bureau. Elle avait suggéré. J'ai acheté. J'ai déballé. Elle a tout installé : logiciels, imprimante, Internet…

Elle a dû prendre les grands moyens pour me convaincre. Je m'étais quelque peu familiarisé avec l'ordinateur avant de quitter l'enseignement. Strictement pour répondre aux besoins pédagogiques. Depuis ma retraite, je n'en voyais pas la nécessité pour moi-même. J'avais perdu le goût d'apprendre. Je préférais penser et agir en fonction du connu, m'engager dans le réseau des sentiers déjà ouverts. La paresse nous gagne vite quand on la laisse se glisser dans le cocon des habitudes…

« Sur Internet, on trouve tout ce qu'on cherche », me répétait Florence depuis juillet. Elle avait amplement raison. J'ai trouvé de tout sur la grande toile. Et même ce que je n'y cherchais aucunement. Tout sur les vedettes d'Hollywood, leurs extravagances domestiques comme leur façon de garder la fesse ferme et le sein haut. Tout sur les délires « viagriques » *; tout sur les repas surgelés, la vitamine B12 et les symptômes précurseurs d'un AVC. Oui, je peux maintenant le confirmer à Florence : le monde entier m'est*

à portée de clavier. Sauf qu'elle avait oublié de mentionner le réseau de fils dans lesquels je dois me débattre comme une mouche dans une toile d'araignée.

Ce monde à sa table de travail que Florence lui avait promis avec tant d'insistance ne faisait nullement oublier à Léandre celui qui s'offrait à portée de regard… chaque jour, à Villery.

Au gré de ses promenades, il écoutait Simon, tout à coup animé, lui apprendre comment il allait faire fortune avec l'élevage d'oies et de cailles qu'il espérait entreprendre le printemps suivant, tout en continuant à seconder Marcel au dépanneur. Il se montrait patient avec Mario quand il se plaignait de son chiffre d'affaires et lui rappelait que la hausse du prix de l'essence n'était pas sa faute et ne lui rapportait au bout du compte pas un seul sou de plus. C'était devenu une obsession, comme l'idée de vendre la station-service pour se rapprocher de son fils afin d'obtenir la garde partagée.

Pascaline, après une absence de trois semaines, était revenue et s'était remise au jogging dans de nouveaux vêtements de sport, plus phosphorescents que les précédents. Chaque fois que Léandre la croisait, il se laissait aller à penser malicieusement qu'elle pourrait servir de feu de circulation aux abords du village. Amusé, il constatait qu'elle étendait maintenant son circuit « sueur et santé »… d'un crochet devant le garage de Mario où elle refaisait provision d'eau. C'était le retour de Pascaline à son atelier que Léandre prisait de moins en moins à mesure que l'été avançait : elle ouvrait les portes donnant sur sa cour — et celle de Léandre — et faisait hurler les CD qui avaient l'heur de l'inspirer. Chaque jour, Léandre s'étonnait qu'on puisse, par un tel vacarme, apprivoiser les muses !

Carole et son amie Gladys — qu'on voit constamment à Villery maintenant — vivent toujours au rythme de Woodstock entre deux tasses de thé vert. Japonais, on s'entend. Elles m'ont invité à voir leur jardin Feng Shui. J'ai eu droit à ma première leçon d'harmonisation de l'énergie. Avec leur cour ainsi aménagée, elles jouiront, m'assurent-elles, de santé, de bien-être et de prospérité. Rien que ça ! Il ne manque que la fontaine de Jouvence pour satisfaire à leurs attentes. Il paraît que des gens d'affaires consultent les grands maîtres en Feng Shui pour qu'ils décident de l'emplacement et de la décoration de leurs bureaux ! Les pétrolières et les banques doivent certainement être de bons clients ces années-ci !

Ces dames m'ont aussi initié aux vertus du Pa Kua et à la science des carrés magiques de Lo Shu. Grâce à mon récent statut de « branché », j'ai pu éviter une autre séance initiatrice: je les ai assurées que je poursuivrais mon instruction par Internet. Bientôt, je ne supporterai plus le thé vert. Même japonais.

Julie m'a confié qu'elle a fait une saison exceptionnelle. On vient maintenant de cinquante kilomètres à la ronde s'approvisionner à la Pépinière Bouvier. Ses affaires roulent et, apparemment, sans le secours d'une harmonisation énergétique importée d'Orient. Quant à Émilie...

Sans cesse, Émilie s'occupait à quelque tâche, mais avec une grâce qui tenait plus de la danse que du travail. Depuis la mi-août, elle entrait au village chaque après-midi à dos d'âne et, durant les deux heures qu'elle passait à la résidence, laissait l'animal à l'ombre sous les arbres de l'ancienne école. Les demoiselles Francoeur, dont la maison est à deux pas et qui épiaient le va-et-vient de tout un chacun à Villery, avaient cru à une apparition de la Vierge Marie en personne, la première fois qu'elles l'avaient aperçue. Par quelques circonvolutions mystiques, Zotique était devenu aussitôt l'objet de leur piété. Qu'il fasse frais ou chaud, elles allaient rafraîchir l'eau de la bête à toutes les demi-heures et la caressaient derrière les oreilles comme s'il s'agissait d'un gros chaton ! Zotique ne l'appréciait que moyennement. Depuis que ces demoiselles jouaient les ânières, Florence n'avait plus reçu d'ultimatum… Il est vrai que Léandre leur avait rendu une visite dont elles se souviendraient longtemps… Ce dernier savait qu'elles n'oseraient plus troubler la quiétude de quiconque au village.

Mais c'était de Marcel que Léandre s'inquiétait de plus en plus. Il l'avait invité à souper un soir que Pierrette était retenue à la résidence. Marcel avait refusé. Ce n'était pas son habitude.

Marcel, c'est celui avec qui j'ai à la fois tout et rien en commun. Tout, parce qu'on se connaît depuis l'enfance, parce qu'on a vécu ensemble la vie d'internes ridiculisés par les autres et que nous sommes devenus ainsi de vrais frères d'armes. Rien, parce que je n'ai jamais compris son goût pour la politique, avec ce qu'elle suppose de ruse, de compétition et de persévérance trop souvent obtuses.

Déchu, Marcel passe ses journées à fumer en cachette au cas où surviendrait Pierrette, comme si l'odeur du tabac n'était plus détectable dès qu'on écrase le mégot ! Il fume de plus en plus et grignote constamment, comme il le faisait déjà au collège. Il cherche de nouveau à convaincre Pierrette de joindre l'essaim des snowbirds. *Pour fuir l'ennui, je crois, beaucoup plus que l'hiver. Pierrette veille au grain. Elle chevauche son féminisme récent à coups d'éperon dans le ventre de la bête. Et la bête obtempère, ronge son frein, grignote ses menthes anglaises, et fume une « p'tite dernière » avant de retrouver à la maison son gigantesque écran de télévision haute définition.*

Le nouveau curé est venu visiter sa paroisse, c'est-à-dire l'une des trois qu'il a à desservir. Un grand homme au sourire éclatant. Malgré mes pauvres affinités avec les sectes… même celles qui ont réussi, j'ai trouvé l'homme fort sympathique. Congolais en mission au Canada, il a étudié en philosophie à la Sorbonne et possède un doctorat en théologie et en missiologie d'une université romaine spécialisée en christianisation des peuples. Je n'invente rien. L'université en question possède son site Internet. Il existe, je l'ai visité. Par incroyance. C'est au tour de Villery de recevoir des missionnaires. Quel frappant retour du boomerang évangélique !

Deux maisons avaient été désertées au cours de l'été. Les Marier avaient obtenu la place qu'ils attendaient dans une résidence pour personnes âgées à Rockland, en surplomb de la baie, à trois rues du bungalow de leur fille. Puis, Roger Latrémouille qui dépérissait depuis six ans et que Léandre allait parfois voir à la résidence du village, avait quitté les soins de longue durée les pieds devant. Sa maison était à vendre. Villery se vidait.

Le village est en passe de devenir un lieu virtuel. Il n'y a pas que les internautes qui vivent dans cette dimension-là. Et ce n'est pas d'aujourd'hui que le mouvement s'est mis en branle. À l'école, il y a dix ans, on ne travaillait plus avec l'être de chair et d'esprit assis devant soi, mais en fonction de la médiane, une sorte d'élève statistique qui n'était assis dans la classe de personne.

Alors que Villery rapetisse, moi, je m'universalise, je me mondialise comme tout le monde et mon curé ! Me voici branché. Sur quoi au juste ? Sur le savoir tout autant que sur le vide. Sur la beauté tout autant que sur la conformité banale. Sur la conscience tout autant que sur l'insignifiance. Les yeux rivés sur un écran plus grand que celui de mon présent téléviseur, je viens chaque nuit prier dans la cathédrale cybernétique.

Seul.

Seul au milieu de six milliards de solitudes.

J'aurai, si le désir m'en prend un jour, des amis virtuels partout sur la planète, à qui j'écrirai quand bon me semblera et qui me liront à leur rythme, à la convenance de leur fuseau horaire et de leur humeur. Nous ne nous verrons jamais. Pourquoi voudrait-on se rencontrer, être confrontés à l'aventure risquée de la présence réelle ? Comme tout le monde, je m'enivrerai d'amitié potentielle, de celle qui n'exige rien de soi ! Car, à moins de s'appeler foule, l'Autre fait toujours un peu peur. Il faut l'apprivoiser. Et il peut déchirer la bulle miroir dans laquelle chacun de nous tente de s'oxygéner.

Je suis branché sur le monde. Et seul. Seul au milieu de la nuit. Protégé de tous par mon écran. Au cœur de tout et distancié de tout. Autiste.

L'autisme serait-il une saine réponse aux stimulus morbides de nos sociétés ? Une sorte de vaccin contre la contagion de l'éphémère ? Une mutation salvatrice, dans un monde qui fonce vers son apocalypse ?

39

Nous avons prouvé, cet après-midi à Villery, que nous pouvons chanter sans karaoké. Eh oui… nous avons chanté a cappella. En faisant un peu frémir de honte la mélodie, c'est vrai ! En butant sur les mots et en répétant trois fois le même couplet. D'accord ! Mais nous nous sommes amusés comme des fous.

C'est à la suggestion de Marcel que j'ai organisé ce repas « de famille ». À midi, pour profiter du soleil. Pascaline était venue plus tôt me prêter main-forte et sortir tables et chaises. Et Émilie avait assuré une partie de la préparation du repas.

Nous étions une quinzaine. La plupart des fidèles de mes soupers du vendredi. Mais d'autres aussi, comme le fils de Mario dont c'était la fin de semaine de visite, les jumeaux Bouvier qui prennent plaisir à se joindre à toutes les fêtes, et nos deux octogénaires, Lucille et Armande Francoeur, que Léandre avait invitées personnellement en vue de les domestiquer !

Marcel avait fait transporter son barbecue. Un géant chromé encore tout neuf. Il l'avait acheté pour recevoir ses enfants et ses petits-enfants durant l'été, mais aucun d'eux n'avait eu le temps de répondre à ses invitations.

— C'est ben pour dire… Quand on élevait notre famille, Pierrette pis moi, on se contentait comme barbecue d'une sorte d'assiette creuse où on mettait des briquettes. Le feu « pognait » à la première goutte de gras : on brûlait une partie de la viande, les galettes étaient sèches, mais on trouvait ça ben bon ! On a su plus tard que c'était cancérigène. Mais on a eu du *fun*. Asteure qu'on a des gadgets pas possibles, le barbecue sert pus. Les enfants sont ben trop occupés de nos jours pour venir voir leurs parents à la campagne. Ça part pour le Venezuela ou le Mexique sur un coup de tête, mais Villery, oubliez ça, c'est ben trop loin !

Marcel voulait retrouver ce plaisir d'être ensemble, de rire, de discuter et de faire chanter même les voix éraillées. Il est toujours à court d'un public, le cher Marcel. Il a encore besoin de serrer des mains, de cajoler les bébés et de promettre quelque chose à quelqu'un. Cette fois, il a décrété que Villery avait besoin de rencontres amicales.

— Villery t'a adoptée, Florence. T'es plus la dame de la *tivi*, asteure, t'es une de nous autres… Mon barbecue, j'te l'donne. Pour que tu fasses d'autres fêtes comme ça. On en a besoin. Moi… pis les gens du village. T'auras besoin de plus de meubles de jardin l'été prochain. J'vas t'en acheter. Des beaux pis solides.

J'ai failli lui répliquer qu'il n'y aurait pas d'été prochain à Villery pour moi, que je serais alors de retour à Ottawa. Cependant je n'ai pas osé égratigner de réalisme son généreux enthousiasme.

Léandre est resté après les autres. Il m'a aidée à faire un peu de rangement.

— J'aimerais que tu trouves les bons mots pour faire comprendre à Marcel qu'il n'y aura pas d'été prochain, pour moi, ici. Je ne veux pas me laisser séduire par ses arguments. Je dois prendre le plein contrôle de ma vie.

— Tu as raison. Je t'y encourage. Mais je te rappelle que tu as accepté de garder le Café ouvert jusqu'à l'Action de grâces.

— C'est ma dernière faille, je te le jure.

Léandre sourit et ajouta :

— C'est un mois de gagné pour… nous !

— Après mon retour de voyage… je vivrai pour moi. Je ne ferai que ce qui me plaira. « Le monde selon moi… »

— J'y veillerai… en toute amitié.

— Il ne restera plus alors que six mois à mon année sabbatique. Le temps passe vite.

Léandre partagea le rouge qui restait…

— Buvons pendant que ce temps s'attarde un peu.

J'ai eu le vin triste.

— Je me sens happée par le vide.

— Tu as vécu bien des deuils, Florence. Celui de l'amour, celui de l'amitié, celui de la foi en ton métier…

— Celui de toutes les illusions, tu veux dire ?

— C'est le propre des départs de laisser un vide, non ?

Il avait raison. Je revis toujours, encore et encore, les vieux abandons.

— C'est un état de manque. La conscience du néant qui s'installe avec son silence d'éternité.

Léandre m'a regardée, intrigué. Il m'a reversé du vin en chuchotant, penché vers moi :

— Il est temps de préparer ta fuite, Florence.

Je ne m'attendais pas à ce que Léandre me conseille de fuir. Surprenant l'étonnement sur mon visage, il m'a servi un flamboyant éloge de la fuite :

— Tu en as vécu, des morts, Florence. Toutes sortes de morts. Et si j'ai bien compris, tu n'as jamais hurlé ta souffrance, ni craché ta révolte. Tu t'es repliée sur toi-même. Tu as cru que pleurer en cachette suffirait à te soulager. Tu as absorbé tous les chocs, jusqu'à la nausée… Mais, devant la souffrance comme devant le danger, les bêtes et les humains n'ont que deux options : lutter ou fuir.

— Je partirai dans un mois.

— Où iras-tu ?

— Je n'ai pas encore décidé.

À la brunante, nous nous sommes promenés dans les allées du cimetière. Témoins de toutes ces vies envolées, stèles et monuments se tenaient au garde-à-vous. Devant la tombe de Gabrielle, Léandre a voulu s'attarder. C'était la première fois que nous nous y arrêtions ensemble.

— As-tu su crier ton indignation, toi, au départ de ta femme ?

Léandre a baissé la tête un moment, comme pour ramasser ses pensées. Puis, il m'a confié d'une voix où perçait le ressentiment :

— Perdre Gabrielle fut un malheur effroyable. Je n'avais pas su protéger l'être fragile que j'avais pris en charge. Habitué à sa condition dépressive, je n'ai pas compris à temps la profondeur du gouffre qui allait l'engloutir. Elle a mis fin à sa tourmente et je n'avais pas vu venir. On meurt un peu avec l'autre, alors. Comme toi, Florence, je n'ai pas osé hurler ma douleur. Il a fallu que s'infiltre la calomnie, que la petitesse isole ma maison comme celle d'un lépreux, que la rectitude canonique d'un curé refuse un temps à Gabrielle l'enterrement en « terre consacrée » pour qu'éclate ma révolte. Une seule personne m'a alors visité sans arrière-pensée et sans curiosité malsaine, m'a écouté avec empathie sans même connaître ce mot, et m'a soutenu dans ma guerre à la « curaille ».

— Marcel ?

— Oui. Marcel. La mort de Gabrielle m'avait fait perdre la foi en Dieu ; le curé, lui, m'a fait perdre foi en l'homme ! Marcel est le seul être qui a su se tenir à mes côtés durant ces mois terribles et faire taire les « *gossips* », comme il dit. Marcel est un homme… humain.

— C'est affligeant de penser qu'il faille apporter cette précision.

Le soir tombait. Nous avons marché jusqu'au monument de Pascaline.

— Tu l'as très bien… connue, n'est-ce pas, cette Diane Lalonde ?

— C'était ma voisine.

— Je ne parle pas de bon voisinage, Léandre, tu le sais bien.

Il m'a regardée intensément. Un peu gêné, il m'a demandé :

— Comment as-tu deviné ?

— La petite porte du jardin.

Il a senti le besoin de s'expliquer :

— Elle était séparée de son mari, j'étais seul…

— Personne n'a jamais surpris votre secret ?

— Je ne crois pas. Pas même Louise… Je veux dire… Pascaline. C'était préférable ainsi. La pauvre enfant a encore besoin, à plus de trente-cinq ans, de croire que sa mère ne fut qu'une mère. Elle n'aurait pu supporter l'idée que Diane fût aussi une femme.

Il a pris ma main et nous sommes revenus à mon patio. La soirée était fraîche. Je suis allée chercher un châle et de quoi fumer.

— Entre les regrets et les remords d'une vie, que nous reste-t-il, Léandre ?

— Cette heure qui passe avec douceur, a-t-il répondu en me tendant le cigarillo qu'il venait d'allumer pour moi.

En silence, nous avons regardé s'allumer les étoiles.

Je savourais tout autant la présence de Léandre que le goût et l'odeur du cigare cubain dont les volutes blanchâtres dansaient sur l'écran de la nuit.

Le vide était toujours en moi. Mais la peur du vide, elle, m'avait peu à peu quittée. Je me sentais tout à coup capable de voir émerger de ce vide… l'imprévisible.

40

DE : flosa@internaute.on.com
19 octobre 2008 23:21:33
À : larc@internaute.com
OBJET : Tous les chemins…

Bonsoir, cher Léandre.

Les premières journées ici n'ont été qu'un tourbillon. J'avoue, en toute franchise, que je n'ai pas cherché de café Internet pour t'écrire. Décalage horaire, temps magnifique, battements de la ville, tout a contribué à m'étourdir et à éloigner Villery de mes pensées.

Eh oui… tous les chemins mènent à Rome. J'y suis arrivée sans encombre et je n'ai cessé d'arpenter ses rues depuis cinq jours.

J'étais venue deux fois ici. Une première fois avec Vincent en transit entre un avion et un train vers Brindisi. Et la seconde fois, en catimini avec Maxime. Trois jours dont je ne gardais qu'une impression d'irréalité.

Cette fois fut la bonne.

J'aime Rome. Toutes les Rome. Celles de toutes les époques. L'antique comme la contemporaine. La « renaissante » comme la romantique… (Et sans jeu de mots !) Cité impériale, ville sainte, capitale moderne. Oui, j'aime toutes les Rome.

Rome et ses voûtes en berceau. Une trouvaille qui a su franchir les siècles et qui permet à cette drôle de ville qui contient de tout, y compris un autre pays, de conserver son incroyable unité architecturale.

Solide, Rome, même au milieu de ses ruines. Gigantesque dans son audace. Accueillante, turbulente, mystérieuse, mystique et profane. Tout cela à la fois. Et vivante. Si vivante encore dans la pierre froide des siècles. Grouillante. De jour comme de nuit. Dans les ruelles, aux terrasses, sur les places. Vroum-vroum des motos, cris des commerçants, bel canto des maçons.

Paisible aussi. Dans le silence de ses basiliques, de ses musées et de ses jardins. De fontaines en ponts, de thermes en arcs de triomphe, de *piazzas* en boulevards, j'ai admiré Rome en son éternité.

Ce soir, je me demande tout à coup s'il restera des monuments américains dans deux mille ans. Tout s'est effondré si vite, un matin de septembre dans Manhattan... Que restera-t-il du Capitole de Washington qui gouvernait le monde ? Aura-t-il la résistance de celui de Rome après l'Empire ? Qu'adviendra-t-il des banques de Wall Street ? Et d'Hollywood qui faisait la promotion du *Way of Life* de cette Amérique arrogante ? Quel arc demeurera... et pour quel triomphe ?

Il se fait tard... Je divague.

J'espère que tu vas bien et que Villery jouit d'un bel automne. Salue Marcel et Mario quand tu les croiseras. Émilie et Simon aussi... Enfin, tous ceux que j'aime. Tu les connais.

Je t'écrirai de nouveau sous peu.

Florence

DE : larc@internaute.on.com
21 octobre 2008 3:14:26
À : flosa@internaute.on.com
OBJET : Villery Station

L'insomnie est le manque de rêves
(poésie persane)

Nuit d'insomnie.

Il a plu toute la journée, toute la soirée et il pleut toujours… Comme si le temps ne savait plus faire autre chose.

Les feuilles ont tardé à changer de couleur cette année. Elles l'ont fait en douceur, les nuits restant tièdes et sans vent. Elles s'accrochent encore et les tons d'or et d'orange dominent.

Notre petit village ne s'est jamais autant paré pour l'Halloween. Je ne sais quelle mouche a piqué Marcel. Il a commencé par décorer le dépanneur : la vitrine, les fenêtres, la porte et même l'escalier. À chaque marche, des citrouilles sont au garde-à-vous ! En fin de semaine, il s'est attaqué à la colonnade de sa maison : sorcières et balais, araignées géantes… On se croirait dans un centre commercial !

Mario, en bon voisin, l'a imité à la station-service. Et Pierrette a chargé Simon de décorer la résidence de soins prolongés comme si on allait y accueillir un bal masqué ! De tout en trop. Le sens de l'esthétique s'accommode bien mal de l'exagération… Et notre chère Pierrette n'a pas encore saisi ce principe.

Rien à voir avec ce que Julie a réalisé sur son terrain pour vendre ses citrouilles. On a le goût d'aller acheter quelque chose, n'importe quoi, juste pour faire partie un moment de la scène champêtre pleine d'humour qu'elle a créée.

J'ai transmis ton mot à Marcel qui s'en est réjoui. Il est plein d'entrain, ces jours-ci. Il rajeunit, ma foi ! Ça me rassure vraiment de le voir ainsi. Notre rencontre du matin est joviale et j'avoue qu'il m'est arrivé de prendre une seconde tasse de café pour le simple plaisir de rester un peu plus longtemps avec lui.

Je continue à faire ma promenade quotidienne et je m'impose maintenant des visites à la résidence. Ils sont là… tout près et si loin à la fois, ces gens que j'ai côtoyés une vie durant. Il y a eu plusieurs départs depuis le début de l'année parmi mes connaissances, et comme la maladie érode la conscience de ceux et celles qui restent, j'ai de moins en moins de choses à raconter à de moins en moins de monde.

Florence, j'en apprends chaque matin en mettant mon ordinateur en marche. C'est fou ce qui défile d'emblée sur mon écran dès que j'ouvre ma messagerie. Ce matin, j'ai su tout ce qu'il y a à savoir sur les autos les plus chères au monde et les actrices américaines les plus maigres… Maigre, en langage hollywoodien, me semble l'étape juste avant l'anorexie.

Heureusement, il y a aussi bien autre chose derrière l'écran de mon bureau…

Cette nuit, avant de t'écrire, j'ai voulu revisiter Rome. En diapositives d'abord : j'avais ressorti mes vieilles roulettes. Les cadres de carton ont gondolé légèrement et les couleurs des films ont beaucoup pâli. J'ai été déçu : ça ne ressemblait plus à mon souvenir.

Alors, je me suis résolument mis à chercher sur Internet. Et là, tout y était : les ciels céruléens, la blancheur éclatante des marbres et la transparence des fontaines. J'ai revu le Forum à l'heure où les touristes dorment encore, contemplé le Tibre du pont Saint-Ange et rêvé dans les jardins de la villa Borghèse.

Merci, Florence, de m'avoir relié au monde pour me permettre d'en admirer l'harmonie. J'allais me perdre dans le marasme qui sévit de ce côté-ci de l'écran.

J'attends de tes nouvelles et je te souhaite d'autres beaux jours sous le soleil d'Italie.

Amitiés.

Léandre

DE : flosa@internaute.on.com
25 octobre 2008 22:12:13
À : larc@internaute.on.com
OBJET : Florence, la ville

Très cher Léandre,

Je suis fort heureuse que ma séance de « branchage » comme tu disais avec quelque agacement, avoue-le, puisse maintenant te permettre de revisiter ta mémoire en toute lumière.

Et parlant lumière… me voici en Toscane.

J'ai retrouvé Florence, moi qui n'y avais jamais mis les pieds. C'est que je m'y sens chez moi. J'ai marché vers Florence comme on se rend à la rencontre de quelqu'un. Florence n'est pas un lieu, mais une personne. Elle te prend en charge, t'invite à la suivre, te raconte son histoire, te fait découvrir ses œuvres. Celles du temps et celles de ses artistes.

Au détour d'une ruelle, elle te détaille l'horreur de guerres anciennes ; sur une place, elle t'avoue ses errements ; de chapelles en palais, de marbres en bronzes, elle s'anime de la présence immortelle de ses génies.

Et tu la suis d'une rive à l'autre, dans les méandres de ses jardins, ou le long des quais de l'Arno. Tu « vallonnes » avec elle, dans la lumière dorée.

Je me suis immiscée dans Florence. Je m'y suis glissée comme dans une peau. J'ai muté en elle. J'ai peur de ne plus jamais pouvoir la quitter.

Je t'écris d'où nul fantôme ne me guette. D'où nul souvenir ne me pourchasse. Florence m'appartient totalement. Florence à Florence. Je ne peux y être qu'avec moi-même. Même au milieu de la foule. C'est l'heure du vrai face-à-face.

En dépit de toute la publicité qui entoure cette ville et du fait qu'en français, du moins, nous partagions le même nom, je n'avais jamais songé sérieusement à venir la visiter… Il faut croire que jusqu'ici je n'étais pas prête pour cette rencontre.

Je suis descendue à l'hôtel Balestri, sur la rive droite de l'Arno, à deux pas… de tout ! De la terrasse minuscule de ma chambre, il semble que je pourrais en étirant les bras saisir d'un côté le *Ponte Vecchio* et, de l'autre, le *Ponte alle Grazie.* Le palais Pitti surplombe la colline d'en face et je peux facilement deviner, derrière, le jardin de Boboli.

En suivant les rues qui quittent la *Piazza Mentana*, où se situe l'hôtel, je suis à quelques minutes de marche de la Galerie des Offices, de la *Piazza della Signoria* et du *Duomo.* De l'autre côté, je peux me rendre en quelques minutes à la basilique *Santa Croce.*

Je n'ai que l'embarras du choix.

Mais je m'amuse à me promener. Sans but. Sans horaire. Sans plan d'attaque des musées de la ville. La promenade est en soi un voyage, ne m'as-tu pas répété ? Et comme ici tout est à voir… À voir pour l'harmonie plus encore que pour la beauté. Pour la lumière qui vibre avec une telle transparence que je n'arrive plus à la quitter même pour l'ombre d'une église à chefs-d'œuvre.

Il le faudra bien… Mais plus tard, dans les prochains jours. Il y aura bien un jour de pluie. C'est octobre après tout… Même en Toscane.

Avec de telles dispositions, je raterai probablement quelques chefs-d'œuvre. Mais je te jure que je ne raterai pas Florence.

Je m'emplis les yeux car je n'ai apporté aucun appareil photo. Une décision de dernière minute que je ne regrette aucunement. Je ne voulais rien entre Rome et moi, entre Florence et moi.

Je te téléphonerai dans quelques jours. Ne m'en veux pas de t'écrire si peu souvent. Mais je te raconterai tout. Nous aurons tout l'hiver.

C'est si bon d'avoir un ami.

Florence

DE : larc@internaute.on.com
26 octobre 2008 11:14:26
À : flosa@internaute.on.com
OBJET : Villery Station II

Je suis comme l'ancien voyageur
sans pour autant avoir d'espaces à déblayer.
Paul Savoie

Ce midi, je suis seul à Villery. Seul avec les sédentaires forcés de la résidence. Tous les croyants sont partis tôt. Chacun est allé adorer son Dieu. Les vieux prient dans l'église à moitié désertée d'un village voisin. Les autres magasinent…

Quand ta religion est la consommation, le temple que tu fréquentes est forcément un centre commercial… ouvert le dimanche !

Dans quelques jours, les sorcières se seront envolées des vitrines, les toiles d'araignée auront été abandonnées au vent et les fantômes se seront repliés dans le sous-sol des bungalows. Leurs bougies épuisées, les dernières cucurbitacées resteront à pourrir sur les marches des perrons.

Une autre fête devra surgir pour inviter les disciples du dieu de la Consommation à acheter un peu plus, malgré la crise que l'on pressent. Que dis-je ? Pour contrer la crise. Consommer comme on prie. Pour que cessent les mauvaises récoltes commerciales et que soient épargnés les troupeaux industriels. Les marchands ont déjà sorti les étoiles, les guirlandes, les grosses boucles rouges et les paillettes. Il faut tout mettre en œuvre pour vendre encore et encore.

Et le bon peuple, tout à sa piété d'enfant de dieu, achètera parce qu'il le faut, parce que le dieu le demande et que c'est le devoir d'un vrai fidèle. Il se lancera à l'assaut des comptoirs et des étalages, se procurant de tout, s'endettant pour des riens, pour le nécessaire parfois et l'accessoire surtout. Il faut huiler la machine, nourrir le monstre affamé, jusqu'à l'implosion. Le dieu a soif.

Ah ! Chère Florence, voilà que je m'emporte devant mon écran comme cet été devant ton regard étonné. Mes idées noires risquent d'assombrir la lumière qui te ravit. Mieux vaut cesser ma rumination et retrouver un site Internet qui me permettra de marcher à tes côtés à Florence.

Je serai discret. Je le ferai du bout des doigts, pour ne pas interrompre ta contemplation.

Depuis ton départ, j'ai travaillé de longues heures au jardin. J'ai coupé, transplanté, couvert, ramassé, et déjà fait quelques plans pour le printemps prochain. Mon jardin est maintenant clos pour la saison.

Rassure-toi, je me suis aussi occupé du tien. Tout est prêt pour l'hiver. Le long hiver du jardinier.

Sois heureuse avec toi-même.

Léandre

P.-S. Je passe chez toi chaque jour déposer ton courrier. Et chacun ici me demande de tes nouvelles. Tu manques à Villery. Tu nous manques.

Tu me manques.

41

3 novembre

Tous les jours vont à la mort;
le dernier y arrive.
Michel de Montaigne

Aujourd'hui, Marcel est mort. Seul.

À quoi sert de le préciser, on meurt toujours seul! Marcel est mort seul, lui qui avait tant aimé la foule. Il est mort sans bruit, lui qui redoutait tant le silence.

Quand il est arrivé pour le remplacer en fin d'après-midi, Simon l'a trouvé inerte derrière son comptoir. Marcel avait glissé du tabouret sur lequel il prenait toujours place. Un AVC sans doute, selon le médecin de la résidence accouru sur les lieux en même temps que Pierrette.

Carole l'avait vu un peu avant 15 heures. Marcel l'avait taquinée une fois de plus en l'appelant madame Gazon. Elle avait haussé les épaules, sans répondre, comme chaque fois qu'il usait de ce vocable pour la désigner; elle avait acheté un litre de lait de soja et un emballage de luzerne, puis feuilleté un magazine avant de sortir en lançant un « au revoir » machinal.

C'était un jour ordinaire. Il ne faisait ni gris ni beau. Il ne faisait ni froid ni chaud.

Je l'avais vu ce matin comme chaque jour de la semaine depuis que je suis à la retraite. Nous avions bu notre café et discuté des manchettes des journaux en fumant la cigarette habituelle. Un jour bien ordinaire.

Un lundi semblable aux autres, après un dimanche identique aux précédents pour Pierrette et lui. Juste la routine, incluant le roupillon de 14 heures au retour de la messe et du brunch à Alfred.

Ce matin, Marcel n'était pas différent des autres matins. Pas de traits plus tirés, pas de souffle plus court, pas de paroles graves de sa part qui auraient exprimé un malaise, ou que j'aurais pu interpréter plus tard comme une prémonition. Rien que des banalités… Rien que les récriminations normales à propos du prix de l'essence qui fluctue mystérieusement, des politiciens qui promettent n'importe quoi et son contraire, et des citoyens qui perdent la mémoire d'une campagne électorale à l'autre…

Marcel vivait ses dernières heures et nous l'ignorions. Lui comme moi. Moi comme lui.

Aucun de ses cinq enfants n'a pu être joint avant le début de la soirée malgré les boîtes vocales, les téléphones portables, les courriels, les adjointes à la direction et les Blackberry. Il y a des jours comme ça ! Des jours indécents qui se moquent de tout. Même de la modernité et de la technologie.

J'ai ramené Pierrette chez elle après qu'elle eut complété les démarches officielles. Et je suis resté auprès d'elle jusqu'à l'arrivée de Sylvain et de Michel. Il était passé 21 heures. Johanne et Diane lui ont téléphoné pour dire, chacune pour des raisons différentes, qu'elles ne pourraient rallier Villery que le lendemain. Aux dernières nouvelles, leur frère Stéphane restait introuvable. Pierrette, qui avait pris les choses en main avec un sang-froid admirable depuis l'après-midi, s'est effondrée au moment de mon départ. Elle me retenait par la manche devant ses fils effarés : « Dis-moi que c'est pas vrai… Léandre. J'vas me réveiller, hein ? »

Marcel est mort.

Je me sens terriblement seul. Seul avec tout ce que je n'ai pas pris le temps de lui dire. Seul avec les mercis sans cesse remis à plus tard, quand le moment serait plus propice, quand j'aurais trouvé de meilleurs mots, quand… quand…

Il est trop tard pour les regrets. Je devrai vivre avec un remords de plus.

De caresses en ronronnements, mes chats cherchent à attirer mon attention. Mademoiselle fait des pointes, Tit'Queue se colle à mes chevilles, Gribouille se love sur le dossier de mon fauteuil. Il fait nuit chez moi, malgré cette lune ambrée suspendue aux branches du grand érable de la cour.

On croit bannir la mort en la gommant du champ de la conscience, en se dissipant parmi les faux-semblants, les décors en trompe-l'œil, les bals olympiques, les carnavals d'hiver et les festivals d'été. Mais cela ne l'empêche pas de sculpter son chemin de larve entêtée dans le bois des jours. On s'agite, on sue, on rêve, on trime, on fait des plans, des projets, des achats, des investissements, mais au bout du compte, droit ou méandreux, le chemin est tracé. On court après son souffle. Un jour vient où on le rattrape et le jeu s'arrête sur une autoroute offerte à la lumière ou derrière le comptoir d'un obscur dépanneur de village.

C'était un lundi de novembre. Ni plus ni moins triste qu'un autre lundi de novembre. Marcel est mort seul. Au milieu du village.

C'était un jour fade nourri de gestes simples, de pas précipités qui ne menaient nulle part et de phrases qui n'engageaient à rien.

J'ai soudain très peur de l'hiver…

42

Je suis rentrée au pays plus tôt que prévu.

Avant même qu'il m'annonce la nouvelle, j'avais senti le désarroi de Léandre au bout du fil. Sa voix écorchée faisait mal à entendre. Les mots hachurés qui me parvinrent alors me firent frissonner avant même que je puisse en saisir la teneur.

J'ai pris le premier train pour Rome. J'étais à Montréal le lendemain.

« Pas quelqu'un de la *tivi*… icitte, à Villery. »

Cette phrase de Marcel bat aux tempes de ma mémoire. Sa grande maison de l'autre côté du ruisseau me rappelle un salon funéraire avec ses longues colonnes blanches.

J'imagine que Marcel va sortir de chez lui comme il le faisait à cette heure chaque matin. Je le regarderai se dandiner de son pas de pingouin jusqu'à sa voiture. Mais la grosse voiture ne bouge plus. Elle se cache derrière celle de Pierrette. Et Marcel n'apparaîtra plus. Il ne viendra plus les dimanches de solitude se plaindre de sa femme. Il ne me racontera plus le Villery de son enfance. Pas plus que le Villery du temps qu'il était maire.

Et Villery n'aura plus personne maintenant pour l'aimer inconditionnellement. L'aimer sans rien demander en retour, simplement parce que c'est Villery. Marcel aimait d'instinct ce village. Ce n'était pour lui ni un devoir ni un destin. C'était sans raison. Il faisait corps avec lui. C'était ainsi, voilà tout. Comme on peut aimer le pain chaud, ou la neige qui crisse sous les pas, ou le maïs deux couleurs avec du sel et du beurre. Marcel, lui, aimait Villery. Point à la ligne.

Pas pour ce que le village aurait pu être comme le fait Léandre. Pas pour ce qu'il pourrait encore devenir comme Carole ou Pascaline. L'amour de Marcel pour Villery allait de soi. C'était une passion, un élan inexpliqué. Une sorte de tendresse animale pour le territoire natal. Et cet amour s'était révélé dès notre première conversation.

« Villery t'a adoptée, Florence. T'es plus la dame de la *tivi*, asteure, t'es une de nous autres… »

Le plus beau compliment que je pouvais recevoir de lui.

Je suis en deuil. Comme tous ceux et celles de Villery.

Voilà un an, le brouillard m'a fait soudain ralentir, m'astreignant à l'immobilité d'un lendemain de verglas.

STOP, Florence. C'est le bout de ta route. STOP. C'est ici que le moteur s'éteint. STOP. C'est ici que le temps s'arrête. STOP. De retour au travail à Ottawa, je n'ai plus jamais été tout à fait la Florence Santerre d'avant, ce derviche tourneur en transe médiatique.

À Villery depuis mai, j'ai dû laisser tomber quelques masques : celui de la professionnelle parfaite, celui de la fille indépendante ou de la femme forte qui en a vu d'autres, celui de l'amoureuse éperdue… et celui de l'amie esclave… Ici, j'ai oublié la complexité. Tenir restaurant vous ancre dans le concret. Nourrir ramène à l'essentiel.

Ce ne sont plus les maux de tête du *show must go on* quand l'invité est introuvable ou que son spectacle est annulé. Non. C'est la fatigue des mollets et des pieds quand tu t'actives aux cuisines et sers aux tables. Éreintement modeste, mais bien réel, qui trouve repos dans la paix d'un dimanche à écouter cascader le ruisseau, à converser avec un ami, à se promener en forêt, à regarder avancer la nuit sur un ciel en feu.

Encore quelques mois et cette parenthèse à ma vie se refermera pour de bon. Il me faudra reprendre le collier. Je sais pertinemment que je ne serai jamais indispensable à la vie artistique de la capitale. Elle a vécu sans moi. Elle vivra avec ou sans moi dans la même indifférence.

Je sais maintenant que je ne changerai rien, ou bien peu, aux choix culturels de mes concitoyens : les *groupies* iront aux spectacles qui seront les *must* de la saison; les néophytes se rendront là où les conduiront leur instinct grégaire ou la promotion la plus efficace. Et les autres n'ont nullement besoin de moi ! Je sais que mon enthousiasme à propos d'un roman, d'un recueil de poésie ou d'un essai n'engendrera pas de files aux portes des librairies à l'aube du lendemain.

Les arts ont renoncé à tout pouvoir le jour où ils se sont travestis en industries culturelles que l'on jauge à l'aune de la rentabilité. L'art témoin, l'art lucidité, l'art engagement... Comme c'est loin tout cela ! Le cri qui se hurlait en marge du système s'est tu. L'art est maintenant serti entre les griffes de l'économie. Le diamant est beau et on le laisse briller dans la mesure où ses feux n'allument pas trop d'incendies.

Voilà maintenant que je parle comme Léandre !

Au travail, il me faudra trouver une place discrète, et j'y donnerai le meilleur de moi-même. Non pas pour me prouver quelque chose. Ni pour plaire. Ni même pour me savoir appréciée. Florence Santerre a quitté la vitrine de la rue : elle ne cherche plus à être aimée.

Et, un jour peut-être, ferai-je surgir chez quelqu'un le goût de lire, d'aller au théâtre ou de visiter un musée ? Je pourrai alors, comme Léandre, fleurir ma boutonnière…

Je peux maintenant me regarder dans la glace, sourire à l'image renvoyée non plus parce qu'elle peut plaire aux autres, mais parce que ce reflet m'appartient. Parce que je suis libre d'être moi. J'en ai terminé de confondre passion et apaisement de l'angoisse d'être. J'accepte que la liberté soit sans cesse à conquérir. Comme le grand amour. Celui que l'on ne vivra jamais.

Parce qu'il n'a pas encore été pollué d'artifices, le ciel de Villery m'a rendu les étoiles… Il a du coup rallumé mes angoisses. J'ai dû faire face à ma fragilité. Je l'accepte mieux. Du moins, je n'en ai plus honte.

Dans quelques mois, j'entamerai le reste de ma vie.

J'accepterai les coups de vent, même ceux qui m'amèneront où je ne désirais pas me rendre. En attendant, je vis ici. Je suis d'ici. Et je m'inquiète de ce que deviendra Villery sans Marcel.

De la fenêtre de ma chambre, en ce matin glacé de novembre, je vois un village fendu par la lame noire d'un ruisseau et deux passerelles esseulées où des feuilles mortes roulent comme des larmes.

Je crois entendre la voix de Marcel :

« Il faut faire des fêtes comme ça régulièrement, Florence. On en a besoin. Moi… pis les gens du village. Tu devrais avoir des meubles de jardin pour l'été prochain. J'vas t'en acheter. Des beaux, pis solides. »

Comme je suis contente de m'être tue, ce jour-là ! De ne pas lui avoir répliqué qu'il n'y aurait pas d'été prochain pour moi à Villery. Marcel sera parti avec au moins encore une illusion dans ses bagages. Il en faut peut-être pour vaincre la gravité terrestre au moment du dernier envol…

43

15 décembre

L'apprentissage du vide se poursuit.
Michel Dallaire

Le plus difficile avec le vide... c'est de constater à quelle vitesse il se remplit de quotidien. Villery tente depuis un mois de trouver un nouvel équilibre. Il y est parvenu. Déjà!

Tout est redevenu si lisse...

La lumière baisse de plus en plus vite. Nous entrons dans l'ombre de l'année: à 16 heures, c'est déjà la nuit. J'ai garé ma voiture pour les mois d'hiver. Une peur subite de prendre la route sous la neige. Je me contenterai comme sorties de l'achat de mes journaux au dépanneur, de ma promenade journalière et de ma tasse de café déca, en fin d'après-midi, chez Florence.

J'observe ce qui bouge ou se fige autour de moi. J'écoute ce qu'on me confie. J'entends encore mieux ce que l'on cherche à me cacher dans Villery dortoir.

La plaie du ruisseau s'est refermée sous les rondeurs des premières neiges. À la résidence, on a décoré la porte centrale d'une couronne où s'abrite une clochette qui résonne à chaque rire du vent, à chaque passage d'un visiteur. De la rue, on peut apercevoir un sapin dont les lumières clignotent comme un feu de circulation en dérangement.

Par temps doux, par temps froid, Pascaline fait son jogging jusqu'au garage. Mistral l'accompagne et Mario les attend en fumant sa cigarette après avoir versé un bol d'eau pour le chien et sorti une bouteille de jus pour la joggeuse.

Julie s'affaire à la dernière vente de l'année: les épinettes qui deviendront des… sapins de Noël. Sur son terrain, les pointes des conifères ont remplacé les rondeurs des cucurbitacées. Elle s'occupe de vendre ici pendant que ses frères font la tournée des centres commerciaux de la région. Au lendemain du Nouvel An, quand chacun retournera au travail, que sa mère aura été comblée de sa présence, Julie retrouvera, en République dominicaine, l'hôtel acheté par ses cousins d'Orléans et un ancien chef du Château Laurier. Luxe et volupté. Mer tiède et piscine chauffée. Menu du Nord au soleil du Sud. Ainsi vont les saisons pour notre horticultrice.

Carole s'est mise officiellement en ménage avec Gladys… Finie l'équivoque… Elle parle ouvertement de sa conjointe et c'est à deux que se boira désormais le thé vert. Japonais, il va sans dire.

Les demoiselles Francoeur se sont cloîtrées chez elle. Ce que l'âne Zotique avait accompli pour les deux sœurs, le froid l'a détruit. Elles se satisfont de nouveau de leur sortie au dépanneur et de la messe du dimanche quand elle a lieu au village. Elles font sans doute des plans pour menacer la prochaine âme étrangère qui osera s'aventurer à Villery.

Florence a descendu les tables et les chaises de restaurant au sous-sol et remonté les fauteuils de son vivoir… C'est simple. Chaleureux.

Nous nous voyons chaque jour. Nous parlons de tout et de rien. D'art et de gastronomie. De romans et de poésie. De Villery et du temps. De celui qui passe comme de celui qui sévit, glacé, piquant, humide… Nous parlons souvent du passé. Beaucoup de Marcel. Parfois… d'amitié.

Mario a décidé d'attendre encore un peu avant de mettre son garage en vente. Il ne parle plus de garde partagée. Il ne craint plus la montée extravagante du prix de l'essence… Avec la récession présente, il hésite à vendre. La vraie raison du changement d'optique est ma voisine, l'artiste joggeuse elle-même. De tempêtes en méandres, Mario et Pascaline sont revenus à leurs premières amours.

Quant aux baisses et aux remontées des prix du baril de pétrole, c'est moi qu'elles laissent pantois maintenant. Aussi inexplicables que les lois du marché ! On sait tous que ces lois impénétrables sont mues par la goinfrerie de quelques chimériques conglomérats et de leurs actionnaires anonymes, dont je suis sans doute, par fonds de retraite interposé. Offre et demande : du vent soufflant sur le désert. Le sable nous aveugle et ses grains détraquent l'engrenage qu'on avait cru infaillible.

Émilie a trouvé des débouchés pour ses fromages : un comptoir à Alfred qui fait la promotion des produits de la région et un stand au marché Parkdale d'Ottawa. Elle songe à quitter son emploi à la résidence pour s'adonner entièrement à son nouveau métier de fromagère. De son côté, Simon jubile. Il ne rêve plus d'oies et de cailles, mais de rangées de conserves sur les étagères du dépanneur. Pierrette a brusquement décidé de mettre fin à sa « carrière » et de vendre sa maison. Pour ce qui est du commerce, elle a fait entendre à Simon qu'elle était prête à « arranger ça » s'il acceptait de prendre la succession de Marcel. Ce matin, elle m'a annoncé que le poste de direction de la résidence était comblé et que le nouveau directeur avait fait une offre sur sa grande maison à colonnade… J'étais heureux pour elle. Je lui ai dit que je comprenais fort bien qu'elle veuille tourner la page…

Mais elle m'a, tout de suite après, asséné un coup dont je ne me suis pas encore remis dix heures plus tard. Avec une légèreté sidérante, elle m'a annoncé qu'elle partait s'installer… en Floride. Il m'a semblé voir le poing de Marcel s'abattre sur le comptoir du dépanneur et l'entendre hurler un « sacrament ! » bien senti.

Villery s'est étalé sur l'hiver comme le tain à la surface d'un miroir. La lumière ne pénètre plus, elle ne fait que réfléchir. Le vide ne nous laisse même pas le temps de l'apprivoiser. Il se remplit avec insolence.

44

There is a crack, a crack in everything
that's how the light gets in[2].
Leonard Cohen

— Une disgrâce !

Debout devant les fenêtres du vivoir de Florence, Léandre n'en revient pas. Il s'exclame ainsi à chacune de ses visites chez elle. Ce commentaire a giclé pour la première fois le lendemain des illuminations, il y a de cela trois semaines.

— Une disgrâce !

Et Léandre continue d'avoir la même réaction horrifiée chaque fois qu'il regarde la maison à colonnes, de l'autre côté du Scotch.

— Marcel a toujours été généreux avec les décorations. Mais il s'agit ici d'un cas sévère d'extravagance !

Florence, un peu lasse, se permet d'ironiser :

— Ça t'évite un voyage à Disney World.

— Je ne sens aucun attrait pour Disney World, mais j'ai vu des *barbershops* ! S'ils ont un festival… ça doit ressembler à ça.

Le nouveau directeur de l'établissement de soins de longue durée est maintenant à Villery. Depuis l'arrivée de sa famille de l'autre côté du Scotch, des lumières jaunes

---

2 - Il y a une faille dans toute chose ; c'est par là qu'entre la lumière. (Traduction du réviseur.)

« surlignent » les contours du toit et de chacune des fenêtres de la maison. Comme si ce n'était pas suffisant, des ampoules rouges et blanches torsadent les colonnes de la façade.

— Je sens qu'il n'éteindra pas ses flambeaux avant Pâques !

— Tu devrais tourner la tête du côté du village, Léandre. Regarde les passerelles, comme elles sont jolies !

En effet, chacune des deux passerelles est devenue un bijou ciselé d'argent. Non seulement l'éclairage solaire qu'on y a installé est-il des plus esthétiques, il s'avère fort pratique pour qui doit les traverser à la nuit tombée.

Au lieu de s'en réjouir, Léandre commente :

— Carole a enfin eu une idée réalisable. Ça doit être l'influence de Gladys.

— Il y a de tout à Villery, Léandre. L'important, c'est de regarder dans la bonne direction.

Léandre s'est finalement assis dans le fauteuil qui fait dos à la fenêtre. Il reprend son verre de vin et en sirote le contenu. Florence se détend.

— C'est que tout a changé tellement vite depuis deux mois, explique Léandre comme un enfant pris en faute. Et l'hiver s'annonce aussi neigeux que celui de l'an dernier. On se sent déjà prisonnier.

— En garant ton auto pour trois mois, tu t'es fait toi-même prisonnier du village… Je ne te comprends pas.

Léandre reste muet. Après un moment, Florence retourne à la cuisine préparer le dessert. Un grésillement annonce que la crème brûlée est prête. Léandre revient à table. Ils mangent en silence comme un vieux couple.

En attendant que chauffe l'eau pour la tisane, Florence revient sur le sujet de la voiture :

— Tu crois que c'était une bonne idée de te mettre à la merci de chacun de nous pour le moindre déplacement ? Qu'est-ce qui s'est passé, Léandre ?

Après une longue hésitation, Léandre confie finalement :

— J'ai soudain eu peur que la mort m'attende sur la route.

— Il faut te faire au départ de Marcel, Léandre. Ton repli me fait peur.

Léandre allume une cigarette. Après quelques bouffées, il annonce :

— Je veux quitter Villery, Florence.

— Plage de sable blanc et mer turquoise, comme sur la carte postale de Julie ?

— Je pense à la France au début du printemps.

— Ah !

Florence se lève, verse l'eau sur les sachets de tilleul et place la théière sur un sous-plat devant eux. Léandre ne semble plus triste du tout. Il sourit.

— Nous pourrions peut-être… y aller ensemble.

Un bref instant, Florence croit apercevoir l'adolescent espiègle qu'a été Léandre percer sous les rides.

— Tu es sérieux ?

— Nous irons surprendre les premières fleurs à Paris.

— C'est fou…

Puis, aussitôt, comme si elle regrettait son propos, Florence précise :

— Mais c'est le genre de folie qui me plaît… beaucoup.

— La réponse est…

Florence est ailleurs : elle pense déjà au moyen de trouver une aubaine pour le vol et elle tente de se souvenir du nom de l'amie de la copine qui avait un appartement à louer dans le Marais. La recherchiste n'a pas perdu ses réflexes.

— Si ça peut t'aider à accrocher une lueur au bout du tunnel de neige et de glace qui t'obsède, Léandre, la réponse est oui.

Florence remplit les tasses. Elle a à peine le temps de déposer la théière que Léandre saisit sa main.

— Si je te demandais de ne pas rentrer à Ottawa, Florence, que me répondrais-tu ?

Il était entendu depuis toujours que mai sonnerait le départ de Florence. Léandre l'a même encouragée à poursuivre sa route. Elle se sent renversée par cette demande. Sans retirer sa main, elle répond, un pincement au cœur :

— Je te dirais que tu arrives trop tard.

Léandre se lève d'un bond et fait quelques pas vers la porte-fenêtre. Sans regarder Florence, il plaide :

— Ce village va s'effriter sans le mortier qu'est le restaurant. Il va mourir. Comme Marcel. Le Café, c'est le lieu du dernier contact, de la dernière chance avant le…

D'un geste lent, il désigne le cimetière où la lune ascendante jette des ombres :

— Je ne réponds plus « présent », Léandre…

— Et si j'insistais ?

— …À personne.

Le silence s'est épaissi. Florence, bouleversée, rejoint Léandre devant la nuit.

— Je suis profondément affligée de voir que c'est toi qui paies pour cette force que je te dois : celle de dire NON.

— C'est la fin de Villery.

— Qu'en sais-tu, Léandre ? Tant de choses peuvent survenir d'ici le mois de mai.

— Par exemple ?

— Dans la fièvre du changement qui secoue Villery, le médecin de la résidence vient d'être remplacé : l'ex de Pierre-Yves le suivra sans doute. Ne risquant plus de la rencontrer en sortant de chez lui, Pierre-Yves voudra rouvrir le restaurant…

— J'en serais étonné. Pierre-Yves a succombé aux charmes de Cornwall…

Avec douceur, Florence pose sa main sur l'épaule de Léandre. Elle tente de se faire apaisante, rassurante.

— Émilie prendra peut-être ma relève ?

— Sois lucide, Florence.

Léandre s'est retourné. Florence découvre que ses yeux se sont remplis d'eau.

— La lucidité n'est pas nécessairement négative, Léandre. Il y a un an, qui eût pensé que Simon prendrait la gérance du dépanneur ? Que le curé de la paroisse serait africain ? Que Mario et Pascaline redeviendraient un couple ? Qu'Émilie vendrait des fromages ? Que Carole se mettrait en ménage avec Gladys ? Que Pierrette réaliserait le rêve de Marcel ? Chaque année apporte ses déchirements, ses désespoirs… et ses miracles.

— C'est une façon de voir…

— Il y a un an, Léandre, je possédais un condo que j'appelais mon refuge et je jurais que je ne le quitterais jamais. À cause des couchers de soleil sur l'Outaouais et des souvenirs qu'il recelait. Aujourd'hui, ce condo d'Ottawa, je l'ai vendu. Et je cherche un pied-à-terre sans panorama et sans mémoire. Il y a un an, Léandre, nous ne nous étions que croisés. Aujourd'hui, nous parlons de partir ensemble pour Paris. Il y a un an, je pleurais un amour et je remettais en question mes plus vieilles amitiés. Ce soir, je me confie au seul véritable ami que j'ai. Et si je refuse de rester près de lui alors qu'il est le seul être que j'aime vraiment, c'est simplement parce que ce n'est pas le bon moment pour moi.

— Florence…

— Et je suis en train de lui avouer sans pudeur mes sentiments les plus intimes, sans rien attendre en retour.

— Florence… C'est que je ne suis plus certain de pouvoir vivre sans toi.

— Ce que nous réserve la vie, Léandre, ni toi ni moi ne pouvons prétendre le savoir. Et… qui sait ?

— Épargne-moi ce « qui sait ? », je t'en supplie. Il sent le faux espoir qu'on jette en pâture à celui que l'on a déçu.

— Quand je dis « qui sait ? », Léandre Arcand, je veux simplement souligner que bien des possibles se cachent sous ce que l'on croit voir. Regarde le ciel. Ce ciel-là… que nous fixons ensemble maintenant, n'existe plus. Des milliers parmi les étoiles qui brillent là-haut sont éteintes, depuis des milliers et des milliers d'années. Qui peut, en scrutant le ciel de Villery ce soir, différencier les astres morts des étoiles encore vivantes ?

Ému, Léandre prend Florence dans ses bras.

— La mort de Marcel me gruge, Florence.

Il tremble. Florence se sent bouleversée.

— Tu apprendras à vivre sans lui, Léandre. Comme tu as appris à vivre sans Gabrielle. Et sans la mère de Pascaline. « Toutes sortes de deuils doivent être vécus. » Si je me souviens bien, c'est toi qui m'as fait comprendre cela.

— Moi qui me croyais si fort.

Florence a l'impression que Léandre va éclater en sanglots. Mais il se ressaisit et murmure comme un secret :

— Je me sens perdu !

— C'est ce que j'ai dit, un certain soir de novembre, entourée de brouillard à quelques kilomètres de Villery. Et c'est à Villery que, le lendemain, je me suis sentie sereine pour la première fois.

— Alors pourquoi retourner à Ottawa ?

— Pour faire la jonction entre la Florence que j'ai laissée là-bas et celle que j'ai découverte ici. Ensuite…

— Ensuite ?

— Je te demanderai peut-être de m'apprendre à jardiner… Qui sait ?

L'auteure remercie le Conseil des arts d'Ottawa de l'aide financière octroyée.
Cette aide lui a permis de parachever son manuscrit.

Sa plus sincère reconnaissance va aussi à ceux et celles qui ont permis à ce manuscrit de devenir un livre : Caroline et Guy Archambault pour leurs commentaires ; l'éditeur, pour ses judicieux conseils ; et finalement, et non les moindres, les membres de l'équipe des Éditions L'Interligne pour leur compétence et leur efficacité.

Les Éditions L'Interligne
261, chemin de Montréal, bureau 306
Ottawa (Ontario) K1L 8C7
Tél. : 613-748-0850 / Téléc. : 613-748-0852
Adresse courriel : communication@interligne.ca
www.interligne.ca

Œuvre de la page couverture : istockphoto
Graphisme : Estelle de la Chevrotière
Correction des épreuves : Jacques Côté
Distribution : Diffusion Prologue inc.

Les Éditions L'Interligne bénéficient de l'appui financier du Conseil des Arts du Canada, de la Ville d'Ottawa, du Conseil des arts de l'Ontario et de la Fondation Trillium de l'Ontario. Nous reconnaissons l'aide financière du gouvernement du Canada par l'entremise du Programme d'aide au développement de l'industrie de l'édition (PADIÉ) pour nos activités d'édition.

Les Éditions L'Interligne sont membres du Regroupement des éditeurs canadiens-français (RÉCF).

Conseil des Arts du Canada
ONTARIO ARTS COUNCIL
CONSEIL DES ARTS DE L'ONTARIO
THE ONTARIO TRILLIUM FOUNDATION
LA FONDATION TRILLIUM DE L'ONTARIO
Ottawa Canada RÉCF

FSC Recyclé
Contribue à l'utilisation responsable des ressources forestières
www.fsc.org Cert no. SGS-COC-003153
© 1996 Forest Stewardship Council

Imprimé sur du papier Silva Enviro 100% postconsommation traité sans chlore, accrédité Éco-Logo et fait à partir de biogaz.

certifié — procédé sans chlore — 100 % post-consommation — archives permanentes — énergie biogaz

Ce livre est publié aux Éditions L'Interligne à Ottawa (Ontario), Canada. Il est composé en caractères Minion, corps douze, et a été achevé d'imprimer sur du papier Enviro 100 % recyclé par les presses de l'imprimerie AGMV Marquis (Québec), en octobre 2009.